回不去了。然而有一種愛

蔡詩萍

自序

暌違了十年多，終於要再度出書了。

我自己的感觸倒還好，反而是我年輕的妻子，時不時，調侃我，再不出書，連女兒都不知道你「曾經是」作家啦！

這「曾經是」三個字，多貼切的描述了我的生活世界的變化。

我曾經是資深單身漢。我曾經是媒體人。我曾經是時事政治的評論人。我曾經寫了一些書，市場反應不錯。我曾經涉入政治、文化、社會等等許多領域。我曾在大學兼兼課。我曾談過一些戀愛……

但很多曾經都過去了，於我，於我熱愛的這塊土地，於我親密過的一些人，就這樣，都與我擦肩而過了。

有滿長的一段時間，我並不珍惜，亦不惋惜這些曾經。我想，人生海海，幹嘛在乎呢，我們經歷的事，我們擦肩走過的人，都自有一定的道理，自有自己之世界，那些曾經也不過是風吹林梢，風拂過，也便過去了，不是嗎？如今聽雨僧廬下，鬢已星星矣，一任階前點滴到天明，往者已矣，何必在乎，何必非要留下什麼呢！

但這些年，我住的眷村拆了。我童年的往事，我青春期的愛戀，我小時看過的大江大海的長輩，都幻化成一堆廢土，一堆夕陽下的廢墟，一疊疊被撿拾在那的門牌。我能不感嘆，能不心有所感不得不言嗎？

我大學四年待過的宿舍拆了，拆掉後尚未改建前，我流連了好幾次。地面上的遺跡，讓我還能猜測以前住過的寢室大概在哪！幾年後，原來宿舍的位置上，矗立了一座台大小巨蛋，多少大型演唱大型聚會出入其間，年輕孩子沒幾人知道，那空間裡原來有過那麼多學長的青春歲月與愛戀！當然他們也不在乎！往者已矣，但我們還活著啊！我們還有許多記憶在那消失的建物裡啊！

這些都是「回不去了」的遺憾。

然而，生命何其弔詭，在「回不去了」的同時，我們隨著時間的步調，生命亦有了新的地圖。如果，我們不故步自封的話。

我認識了我太太。她完全沒見過我以前的眷村歲月，她只知道，我必須愛她，全心全意的。

我有了女兒，古靈精怪，笑起來開朗似她媽媽，沉默不語時像難搞的我。我在她身上，湧出了一波波做爸爸的「有一種愛」。

「有一種愛」使我重新檢視、回溯了許多「回不去了」的過往。若沒有「回不去了」的必然，怎可能會「有一種愛」的出現呢！我眼下的「有一種愛」，勢必隨著我年邁，我體衰，我髮蒼蒼，我齒搖搖，而成為以後「回不去了」的新題材。

生活一天天過，節奏看似單調，流程彷彿重複，但每一天的細節，其實都在變化。

在生命的長流裡，我們凝視著。

逝者如斯，不捨晝夜。

人不可能在一條河裡經歷同樣的流水。

這些感嘆，都是人對時間浩瀚，青春短暫，所能發出的最誠懇的喟嘆。

我的人生觀一直很消極，我總是對「人生的徒勞」由衷存念，可是同時又被「存在先於本質」的哲學奮進，深深感動。我始終認為我是在自己的矛盾中，勉力前進的。

但，我結了婚，我太太書煒的明亮與熱情，激勵了我。我有了女兒，她生動跳脫的性格，她不時鑽進我臂彎的溫度，感染了我。我回頭感謝我的父母親人，回頭感謝與我擦肩走過的歲月與人群，感謝他們對我的寬容與等待。

我並沒有徹底改變「人生的徒勞」這種本性，但我努力的往我矛盾性格中，較為清新、亮度較高的那一面移動。

也許，就像電影《美麗境界》裡的隱喻，掙扎於幻想與真實的那位諾貝爾經濟學家，最終不可能痊癒，但他懂得了分別，懂得了為愛而奮戰，而活在當下！

是的，為了愛。

我寫下「回不去了」，我寫下「有一種愛」，我繼續再寫「我該怎麼對妳說」，臉書上的一篇篇文字，是我中年情懷的見證，見證了我在溫馨的情愛裡，努力把自己變得更有溫度，更像一個長子，一個老公，一個老爸，一個女婿。

的確，都「回不去了」，然而，「有一種愛」，繼續燃燒，繼續在日夜交遞裡，支撐著我，抗拒徒勞。是的，都回不去了，然而，我有一種愛！

目次

輯二 有一種愛

輯一

回不去了

序

那些在陽台上飄動的幸福

王文華

這是三個家庭的故事，也是所有家庭的縮影。

詩萍這本散文集讀起來像一本小說，甚至像是一場電影。主角是蔡詩萍的家人，但情節卻屬於每一個人。

因為我們每個人，都有類似的家庭故事。

第一個家是蔡詩萍爸爸媽媽的家。蔡伯伯是沉默寡言的軍人，但可即興地把白斬雞變成紅燒雞。蔡媽媽二十歲就生下詩萍，右手做蔥油餅和涼仙草，不相信洗衣機的左手堅持手洗小件衣服，然後還有第三隻手拿起掃把追打不聽話的蔡詩萍，撂出「有種你就不要回來吃飯」。

但打歸打，他們省吃儉用，沒有娛樂，養大四個小孩。甚至小孩長大後，還要幫忙打電話給兒子前女友。兒子回來探望，不管吃飽了沒，總要下一碗餛飩，看著他吃。

我們的父母，不也都這樣為我們下餛飩？

第二個家是詩萍的太太書煒的家。有個挑染頭髮、愛唱卡拉ＯＫ、會幫外孫女拍影片的媽媽。當她發現女兒跟大她十七歲的男人交往，一開始當然反對：「他是不是離過婚？」後來會自圓其說：「其實，男人年齡大一點也不錯啊！你看他會對我女兒好一些！」這個家還有個了解女兒的爸爸，會對女婿說：「我女兒人很好，就是脾氣硬一點，你要多包涵多忍讓啊！」

我們的父母，不也都這樣為我們請求包涵？

當然還有詩萍和書煒自己的家。兩人差十七歲，「她比我預期的年齡還小，我比她以為的年紀還大！」詩萍單身時落魄江湖，有張「此人性別已變更為男」的駕照，喜歡喝濃烈長島冰茶，眼看就要孤老一生。還好碰到書煒，「喜歡他的文字，卻拉他走出文字的迷障。」然後有了女兒泠泠，「喜歡吐司烤得咬進嘴裡清脆清脆」，腳掌長大的速度總是打敗任何尺寸的襪子。

我們的孩子，不也都用快速的成長，提醒我們自己的老化？

被媽媽追打很多年後，詩萍再回到家中。在不同角落看到自己的結婚照、妹妹成長的照片、小弟兒子的玩具，和老爸細心供奉的祭祖牌位。他感受到時間才是真正的家長，最後我們都會臣服於他。但在認輸前，我們有機會實踐自己的信念。於是他寫下這句話，代表我們所有人對家的感覺：「有時候，我從他們身上，是看到一種由於年輕時，由於相信簡單的愛，必能撐起的幸福期待，所散發的光芒力道！」

家的愛，是最簡單的愛。

這場電影有感傷、落寞、甜蜜、趣味。我最喜歡的一幕，是蔡詩萍洗完家中所有人的衣服後，拿到陽台晾乾。這時他說：「看它們迎風搖蕩，看它們晚霞中飄搖，一家人的衣物都靜靜的晾在那，告訴世人：這是一家人健在的證明。這是一個家庭以另外一種形式的宣告：我們，雖是衣物，但我們也很幸福呢！」

是啊，那些喜怒哀樂，都像衣服上的水一樣乾了。到頭來，每個家愛過、苦過、活過的證明，就是陽台上那些昂首闊步、隨風飄蕩的衣服。它們似乎在飄動的節奏中安慰我們：這很辛苦，但也很幸福。來吧，值得的！

回不去了。我在一歲的獨照裡，看到爸媽的眼神

回不去了。回不去了。我當然不能再回去以前的歲月。不能再回去以前的以前，像超人一般，回到一切尚未發生之前的原初狀態，重新扭轉自己的命運。但如果能回去，我多想回到最初的源頭，看看我的爸媽是如何邁出他們堅毅的那一步。

我有一張應該是一歲前後的獨照吧。照相館裡拍的。

說應該是一歲，因為，那時候，拍照可不是容易的事，若非特別的日子，一家人很

難進照相館拍照的。

我一歲了。老爸風雨飄搖的日子，有我一歲當見證。老媽堅定與娘家決絕的意志，有我一歲給她的安慰。

我當然不可能記得我的一歲，但感謝我一歲的照片，傳達了一些那年代的訊息。

我留了一頭瀏海向前的長髮。這髮型，一直維持到我小學時期，尤其是我轉到以本省小孩為主的小學後，男生大多理平頭，我卻仍然一頭長髮。老媽堅持的髮型，她理當有她的美學觀吧。不過留這髮型，打起架來，我吃虧很多，常常是打著打著，致命傷就是頭髮被對手揪住，被拖著死命的挨打！

一歲的我，兩手握著糕點，眼睛望著前方，眼神看似很萌，其實是我爸媽在前面不斷的喊叫，試圖吸引我的注意力，聽說我始終不肯獨自坐下，直到手中握有糕點。我穿著毛衣，連身的褲裝，一看就知道氣候還是冬季不遠。沒錯，我一歲時，人還在金門。生日前後，三月金門，氣溫猶屬不穩定的初春。

我坐在籐椅上。很多那年代出生的人，不論男女，都有坐在籐椅上，拍照擺姿勢的共同過往吧！雖然我們不會記得。可是那個時代的印記，會記住這籐椅的年代！

籐椅，是那年代最貼切的時代詮釋吧！

一切從簡，為了反攻。

導演侯孝賢的《童年往事》裡，外省族群添購傢俱，都以籐製為優先考慮，理由就是隨時準備反攻大陸了，一旦反攻號角響起，一切皆可拋，籐製傢俱隨時可以置之度外，沒有那麼重的難以割捨。

金門是戰地，是當時的前線。更有理由處處是籐椅，處處是一切從簡為反攻的訊息吧。

我一歲了。躲過了八二三砲戰。我爸媽也躲過了八二三砲戰。我安度一歲生日時，爸媽決定要為我留下一張照片。不只是因為我人生的第一個生日吧，應該也是他們夫妻兩人慶祝我們全家在不確定的年代，有了可以確定的一個起步，於是，拍照，做見證！

老爸心中不免欣慰。他有了兒子，他為這兒子，在躲砲擊時，連人帶嬰兒的，捧進防空壕，在額眉處留下一道疤痕，嬰兒很安全。很多年後，我還能在他老邁的臉上，找到這道歷史的傷疤。他不過是一名低階的軍人，在抗戰末期從軍，在國共內戰中被迫跟著部隊東奔西跑。他終其一生，沒有被寫在任何一場值得被誇耀的戰役史裡，但在八二三砲戰裡，他為他的兒子留下了呵護備至的勳章，在他英挺的額眉上。他值得的。他後來又有了二子一女。多年後，一家六口，拍了第一張全家福。

我一歲了。我老媽一定很感動。一位客家女孩，二十歲不到，當了新手媽媽，但很抱歉，貧困的生活，緊迫的時代，保守的價值，恐懼的猜忌，在在壓迫她必須很快的，從青春愚騃的少女，蛻變成吃苦耐勞的母親，蛻變成百折不摧的家庭主婦。但她一定很開心，她的兒子一歲了。是她勇敢選擇愛情、選擇婚姻的第一粒結晶。她不怕吃苦，她又生了兩男一女。很久以後，有了媳婦，有了女婿。

我想回去那年歲。

風雨搖晃在島上每個人的心底。人們聆聽著砲聲，聆聽著口耳相傳的流言蜚語，聆聽著自己內心深處流盪的恐懼。然而，他們仍是每個具體的，活生生的七情與六欲啊！他們仍有活下去，且繼續繁衍的欲望與企圖。

我想回去那年歲。

我的一歲照片裡，照片框框之外，看不到的畫面裡，我爸爸，我媽媽，站立於一旁，不斷對我手舞足蹈，要我對著鏡頭，安靜幾秒鐘，因而能入鏡，能留下亂世夫妻所能擁有的一瞬間的平靜與幸福。只要我肯安靜幾秒鐘。

我想回去那年歲。

不管那時有多苦，有多蕭瑟！因為我在我的眼眸裡，並沒有看到恐懼，沒有看到飢餓，沒有看到時代氛圍的緊張帶給我的憂慮與不安。

這必定是我那貧賤夫妻的爸媽，極盡一切之努力，想讓他們的長子，擺脫於這樣的外在壓力。

很多年後，我的朋友，長年關切棄嬰福祉的朋友，告訴我：即便嬰兒亦能感知自己置身環境的是否安全與溫暖。棄嬰或受虐兒，永遠會以他們驚惶的眼神，或哀鳴的哭聲，傳達出焦躁與不安。

那一定不是我一歲的眼神。雖然貧窮，雖然困乏，雖然風聲鶴唳，但我有貧賤爸媽最完整的愛！

爸媽當時當然沒有能力，再多給我一些什麼。可是，他們已經盡其所能的，讓我免於飢貧，免於棄養，免於失學，免於喪失自信。

甚至，他們還努力的，在日後我逐步成長的生活裡，讓我有選擇做自己的空間。這，對久經憂患的夫妻來說，是多麼的不容易啊！

他們或許想的是：既然躲過了戰火，既然違逆了親人，既然抗衡了貧賤，既然熬過了艱辛，既然老天還賜給了他們一個兒子，他們還有什麼好奢求的呢？

他們打一開始，就決心讓他自己去飛吧！只要，他沒有變流氓，變太保。

我在我一歲的眼裡，看到了我爸媽的眼神。他們堅毅的看向未來，而未來，他們將還有三個孩子，陸續出世。而未來的未來，他們將還有三個孫子，承歡膝下，過年時排成一列，領他們手中分發的紅包。

回不去了。回不去了。我看到我一歲時的照片，坐在籐椅上望著前方。前方有我的爸媽。

回不去了。我自己的婚姻能走那麼久，那麼長嗎？

回不去了。回不去了。我不免會因為爸媽的婚姻，而推想：我自己的婚姻能走那麼久？那麼無怨無悔的在一條平淡甚且有些乏味的軌道上，走那麼許久嗎？我不過才在我的婚姻，我的家庭生活裡走了我爸媽的五分之一而已呢！

我點了一杯熱拿鐵。年輕的工讀生很熟練的把咖啡裝在保溫杯裡，還笑著祝我一天愉快。

我拿著杯子，走出店門，手機響了。老媽打來的。剛剛進咖啡店前，打給她沒接。

「我們已經到啦！」老媽那頭嗓門挺大的。

「這麼快啊！」

「是啊，我們六點多就上車啦。剛剛到，帶你爸去上廁所，沒接到你電話。沒有事啦，你放心。」老媽精神不錯。

掛了電話。我站在路口，啜飲一口咖啡，濃濃郁郁。今天天氣晴朗，南投山區應該涼爽宜人吧。

老媽幾天前來台北看病，就提過要帶爸去參加她的小學同學辦的旅遊，兩天一夜，南投日月潭之旅。

「老爸可以嗎？」我有點擔心。

「沒問題啦。出來有人輪流陪他聊天，他反而高興。」老媽很篤定。

「那吃東西呢？他很麻煩的，這不吃那不吃的，怎麼辦？」我還是擔心。

「我幫他煮了鹹稀飯，保溫瓶裝著，第一天午餐沒問題。晚上請餐廳幫他煮一碗麵，煮爛一點就可以了。第二天早餐飯店有麥片牛奶。中午我還是請餐廳煮麵。」老媽一口氣講完她的安排。

其實，我們孩子是希望老媽她多出去走走的。她跟老爸不一樣，她愛交朋友，喜歡熱鬧，老爸健康沒有惡化以前，老媽是很活躍的，參加土風舞、民族舞的社區活動，每隔幾個月不是跟街上的朋友湊一團出遊，便是跟村子裡以前的姊妹淘一塊婆婆媽媽旅遊團。日子是過得比較緊湊的。她多半會拉著老爸一起。生性較孤僻的老爸，就這樣一搭一唱的，竟也去了國內國外不少地方！只是，他吃東西的偏好始終沒變太多。久了，旅行出遊的麻煩與摩擦，自然難免。這兩年，他健康更不好，情緒變化大，老媽乾脆也就一動不如一靜了。

這次，老媽說她憋太久了。而且，發起人又是她感情很好的小學同學，去的不是老同學就是街上的老朋友，她既不好意思推辭，又實在想透透氣，我們做孩子的，很清楚她平日的壓力。那天我塞了一筆錢給她，說去玩時買買伴手禮可用。她嘴裡嚷著幹嘛又拿錢給她，錢卻很快的塞進皮包裡。這就是我老媽。

老爸生性拘謹，小心翼翼，明天的麻煩，他幾天前就會反覆再三的沉吟了。老媽總說他自尋煩惱。老媽呢，活潑開朗，凡事看開，明天有麻煩，會先睡一覺再說。老爸總嘮叨她腦袋少根筋。

他們兩人老了以後，雖然都磨得差不多精疲力盡了。但偶爾還是會相互槓來槓去。

我們做孩子的，以前插不了口，長大後，反而成為評審團，在兩大之間，扮演平衡桿角色。

說實在的，老爸常會感覺不公平吧。他總認為我們孩子比較偏向老媽。也許，也許他的直覺未必錯。我們因為他年輕時的嚴厲、拘謹，或許至今還有點畏懼，有點不了解他。相對的，老媽一直任勞任怨，比較貼近的知道孩子們的心事，所以我們總會不自覺的偏向老媽這一邊。

尤其，當這些年，老爸的精神狀況日益惡化後。他的情緒多變，他的飲食選擇更趨保守而偏執後，唯有老媽能照應他的飲食習慣，於是老媽被一條無形的圈繩給緊緊框在狹窄的日常範圍內，生活因而顯得窒悶，顯得無趣，顯得抑鬱！

我們自然更加同情起老媽了。

可是，有一次，我一人回家，老爸剛好出去透氣。家中就我跟老媽，她替我煮了一碗她做的餛飩。我們母子坐著，我吃她聊。

她當然趁機發抒了壓抑於家中的許多情緒。我聽著，也安慰她。有些問題，其實是無解的。

她大概是注意到我的表情。突然，她停下抱怨，嘆口氣。對我說起老爸的辛苦，說他也真可憐。年輕時省吃儉用，為了一個家，完全沒有任何嗜好娛樂。老了，我們孩子扛起責任了，他反而因為生病，把自己關在小小的世界裡。老媽說著說著哽咽起來。

她要我不要跟老爸言語衝突。

她要我聽聽老爸嘀咕就好。

她要我記住老爸為這個家，為我們四個孩子做的犧牲。

她要我有空多陪老爸出去走走。

她要我知道老爸一直都以我為榮。

她要我下次帶老爸去買件像樣的外套。

她說你上次替他買的毛衣，他穿著出去逢人便說我大兒子買的。

她說她知道我跟老爸關係緊張，但他總是很疼你的老爸啊！

我當然知道老爸對我的感情。他的嚴厲，是因為我是長子。他的開心，是因為我自從國三以後他就不須操心我的功課與表現了。但他某種程度上的抑鬱寡歡，也造成了我們父子之間的難以溝通，而我，又曾是那麼樣的叛逆，那麼樣的不成熟！

那天吃過餛飩，聊過天，我跟老媽說我去接爸回來吧。

我在一條街外的便利商店前，供客人閒坐喝飲料的兩張座椅上，看到老爸獨自坐那。我靠過去，他在打盹。我沒吵他。我等他自己回過神來，再帶他回家。

這是他精神抑鬱時，出來透氣的地方。以前他愛到附近山丘上散步，如今體力精神不濟，我們不讓他一人去，他就選在這兒坐坐，透氣也解悶。

我看著他，心中很不忍。我們父子話雖不多，但往日時光，還是很多美好的記憶。他盯我背課文寫書法。他帶我在河溝旁散步。他扛著我趕到醫院急診。他拿著棒子追著我打。他陪我去考高中考大學。他開心的放鞭炮因為我上了第一志願。他撐著病體數度來醫院探望初生的孫女。

他終究是熬過艱辛，撐起一個六口之家的爸爸！

我又啜了幾口咖啡，在陽光下扭扭脖子，又是一天了。

我剛剛掛電話前，有跟老媽說：「辛苦您了。稍微注意一下老爸，別讓他跌倒。」

回不去了。回不去了。我老媽為一個家，我老爸為一個家，撐起多少風雨，度過多少日子，這都是愛與責任的煎熬啊！我自己才不過走了他們的婚姻的五分之一而已啊！

我感謝老媽提醒我對老爸該有的感恩。我感謝老媽在抱怨聲裡猶堅守她自己的承諾。回不去了。但我們還有一個完整的家。我們繼續守著。直到未來。

回不去了。我們心底始終發酵著爸媽愚騃式的樂觀堅持

回不去了。回不去了。當我們追憶往事，動輒便是二十年前，你我同事時；三十年前，你我同班時；四十年前，你我鄰居玩伴時……那真是頗令人氣餒的掙扎啊。

我們掙扎向前，繼續奔馳，希望來日仍將美好。

我們也掙扎回顧，總彷彿有些過往不該就那麼沉淪。

在動輒二十、三十、四十的歲月基數裡，我們自己變了多少？有比較快樂嗎？

我爸媽常說，他們看著小孩一個個長大，成家，有了下一代，他們感覺幸福而滿足。

除了健康不如從前，他們沒有好抱怨的。

大年初一早上，我看著家族第三代，三個娃兒一字排開等著爺爺奶奶發紅包，老爸老媽的臉上確實是用笑意寫著快樂滿足。這是他們用貧困、節儉，斤斤計較的二十、三十、四十年，刻苦出的幸福，他們有權利寫在自己的臉上，驕傲世人！

有時候，我從他們身上，是看到一種由於年輕時，由於相信簡單的愛，必能撐起的幸福期待，所散發的光芒力道！

那使得他們有著跨越眼前不知盡頭的一股蠻勁，悶著頭，咬緊牙關，往前衝。

眷村的狹隘環境，到了我高中時，顯然已經無法滿足村子裡第二代往外走的趨力。很多家庭紛紛在外購屋了。

我大學時，爸媽開始商量該不該也在外頭，買一套房子，解決孩子長大以後日漸侷促的空間。

老爸沉吟了許久。猶豫不決。

村子裡我家兩旁的鄰居，半數都搬出去了。空出的老房子，多半出租給在附近工業區上班的外地人。再不然便是空著。任其凋零。

我畢業那年，老爸決定了，咬緊牙關買一套房子，讓長大的孩子每人一個房間。爸媽跟我三人坐下來談。我長大了，是家裡可以做決定的大人了。我跟爸媽說就買吧！我會留在台灣，一邊唸研究所一邊工作，貸款我可以扛。

就那樣，我們家也在村子裡搬出近一半鄰居之後，在村外的新社區，買了我們真正擁有的第一棟房子。連棟的四層樓，頂樓加蓋，爸媽一間房，我們兄妹四人一人一間。

最開心的，是么弟與小妹。他們在未成年之前，便有了自己的房間。

更開心的，應該是爸媽。他們終於有了自己的房子，一棟與他們的長子一塊聯手買下的房子，從此不管眷村的改建如何變化，他們都不必擔心會被移居到哪裡去了！他們有自己的「祖厝」了，在他們組成家庭的第一個原鄉裡。有他們熟悉的市場，熟悉的街道，熟悉的人際地圖，還有，熟悉的過往記憶。

多年後，我回家時，每每看到老爸在頂樓安置的祭祖牌位，老媽在陽台栽種的花花草草，老妹出嫁後猶在她原來房裡放滿成長的照片，小弟的屋裡有他兒子的玩具，我的房裡有我們夫妻放大的結婚照！這些都因為我老爸老媽有了自己的房子，因而感到生命篤定，因而覺得人生踏實，這些物件才分別在一棟房子裡逐漸找到它們的位置，落腳安身，成為「我們家」的記憶圖像。

而我，竟然發現，連我的新婚照片，掛在牆上，都已經過了第一個「十年」了！

我爸媽的第一個十年，連續有了三個男娃，一間破落，寒傖的窄小眷舍。晚上把斜靠在牆邊的兩張竹床板躺平，便是一大張床。三個兒子睡在上面，孵未來的夢。

第二個十年，我們有了小妹。爸媽頂下隔壁鄰居的房子，在一間稍大的房間裡放了兩張上下鋪，容納我們四兄妹。那是我們兄妹感情的黃金年代，每天睡前必嘰嘰喳喳的聊天，我們四兄妹年齡差在十一歲之間，小妹小時候我們主要是陪她哄她。等她大到可以懂事時，她多半是聽我們哥哥們在抬槓。

那真是一段我們兄妹感情的黃金年代，直到我上台北唸大學，我小妹也上了國中，她有了自己一間很小很小的，爸媽在客廳一角隔出的小空間，一張單人床，一個小衣櫃。老媽說妹妹長大了，要給她專屬女生的空間。

就這樣，我們兄妹四人一室，兩張上下鋪的歲月結束了。

我自己經歷的二十、三十、四十為基數的人生變了多少呢？變的不少，沒變的也不少吧。

然而變與不變之間，又難講！尤其是拉長了時間來看後！

像我在四十多以後，突然對書法又回生出一股濃濃的興趣。偶爾寫，多半是欣賞。我的第一個十年，為了書法，吃過不少苦頭。老爸曾經逼我練書法，一字一字的練，寫在看過的，收集下來的報紙上。練不好，老爸一個指節叩便敲過來，痛得要死。老爸學歷不高，但一手字工工整整，我後來對書法略有理解，才知道那一筆字應該像明清時代的館閣體，因為他轉任文書工作後，每天都得抄寫，工整是基本功夫。

但我真是沒興趣，在我人生的第一個十年。乃至第二、第三個十年的歲月裡。直到，第五個十年，我突然對工整的楷書，滑動的草書，雕工的篆書，流暢的行書，開始著迷了。覺得那裡面是一個，不，很多個，飄零卻連結圓滿的世界。

我似乎在那些線條的流蕩中，看到一些心影的飄逸。飄蕩在父子的形影間。燈下，仲夏的夜晚，蟬聲幽杳，老爸一襲汗衫，板著一張臉，盯著我寫毛筆字，背唐詩。我一臉肅穆，心卻飄在窗外玩一二三木頭人遊戲的孩子們身上。我字一直沒練好，寫得很爛，不過，唐詩因此而背下了不少。

輕羅小扇撲流螢，天階夜色涼如水。

曲徑通幽處，禪房花木深。

桃花潭水深千尺，不及汪倫送我情。

回不去了。回不去了。那些動輒二十、三十、四十為基數的過往歲月，一去不返了。但我爸媽自他們年輕時便有的那股愚騃式的堅持，與樂觀，一直在我們孩子的心底發酵著。我深信，在我們孩子心底始終發酵著，不然我不會在沉澱了三十多年後，再回到書法的殿堂裡。再常常想到小時候那窄仄、擁擠，但笑聲不斷的童年。

回不去了。我那張性別已變更為男的駕照

回不去了。回不去了。我那張上面註明「此人性別已變更為男」的駕照，被警察沒收後，再也無法證明我曾經從男變為女，再從女變為男的一段荒謬劇了。

而一切，都從我老爸為我取的名字開始。

他幫我取名字的時候，心思一定很矛盾吧。

助產士告訴他，把胎衣拿出去，找塊空氣好，有水流動的地方埋起來，可以保嬰兒平安健康，一生流暢。

他一直走，一直走，走到一條小溪旁，坐在水邊發了呆。

他有兒子了！他有兒子了！在那兵荒馬亂的年代，他好不容易落腳北台灣的一個小鎮山巔，小他十二歲的客家太太為他生了個兒子。他的同袍，羨慕的有，說風涼話的有，嫉妒的一定也有。畢竟當時他們那一群同袍，唯獨他，敢違抗大環境的主旋律：「反攻反攻反攻大陸去！」他毅然決然的娶妻生子，落腳台灣了！

他坐在那裡發呆，前途茫茫，沒錢沒房也沒升遷的機會了，連老婆娘家要接受這門親事都還要再等幾年之後，他的心思當然很矛盾。但他應該有默默的仰望蒼天，向他大陸湖北老家的親人喊著：我有兒子了，蔡家有孫子了！

風靜靜吹著，水汩汩流著。那是陽春三月的季節，應當還有點涼。我老爸應該默默的坐了好一會，也許抽了不止一根菸吧。一如他往後，每年清明，每年春節，拈香祭祖時，總會默默坐一會的神情。

但當他埋下我的胎衣時，他心底的複雜，仍多了很多喜悅。

他決定替這男孩取下「詩萍」這名字。

「詩」字，傳承他蔡家的論資排輩，「忠孝傳家遠，詩書繼長安」。我老爸屬於「遠」字輩，我則接下「詩」字的傳承。我的下一代，應該要用「書」。但過了近半世紀以後，我女兒的名字叫「中泠」，並未用到「書」的輩分，那是有原因的，不過都是後話了。

「詩」字容易排定，容易解釋，但這「萍」字呢？多年後，總有人問我：幹嘛幫你取了這麼文雅的名字，「詩萍」？（這是委婉的提問，若直白的問，通常是：你爸媽幹嘛幫你取了這麼女性化的名字？更魯莽的是，怎這麼「娘」的名字啊？）

我老爸當時坐在水邊，望著流水汩汩，想著往事淅瀝，懸著未來飄蕩，他腦海中浮現了「萍」這個字。他一如漂萍，浮蕩在此。我一如漂萍，漂流至他身旁。他想像著，助產士的提醒，找一水邊，空氣流動，水流泱泱，我應如浮萍一般，生命力旺盛的活下去。

就這樣，我的名字叫做「蔡詩萍」。蔡家的延續，詩字輩的傳承，萍字樣的流蕩。注定了我一生的符號與符碼。我自己解讀半生，都未必全然了解這名字在字面意義以外的延伸，但我卻可以體會我老爸坐在水邊，凝想自己，凝想愛兒的無限深意。

他自然沒料到，「詩萍」二字的有機組合，竟隨著這兒子後來往藝文興趣的涉足，產生了微妙的相關性。我國中兩任國文老師，看到我的作文，點我的名，都說出類似的評語：你真是文如其名，名如其文啊！

他自然更沒料到，從小學起，只要新學期點名，男女混合的班上，點到我名字時，老師多半以為我是女生。即使高中我唸男校，還是有老師第一次點我名時，會遲疑一下，開玩笑說你名字很女性化喔！

他自然也不會料到，他兒子在大學時校刊上寫了幾篇文章後，有愛慕的醫學院男生寫了信轉給我，表達他「對一個女孩如此細密的心思的仰慕，問我可以回信做朋友嗎？」我尷尬到不知如何回應，既不想讓他失望（我竟是男的）！更不想讓他絕望（這麼細膩的筆法怎麼可以是男的呢？）！

我只好沉默。同時參加更多活動，讓自己的名字跟我是男生這事實逐漸連結起來，讓以為「蔡詩萍是女生」的聯想逐漸幻滅吧。

但，我老爸肯定更難以預料的是，他兒子在三十出頭以後，才去考了駕照。當時他留一頭長髮，身形瘦長，戴副黑框眼鏡。筆試、路考都過關後，他兒子依序排隊等候核發駕照。等著等著，輪到他兒子了，櫃檯裡面隔著小窗口的辦事員蓋好鋼印，把駕照遞給我，隨口喊著下一號。但我突然叫住她，她疑惑看我。我卻更疑惑的看她。

「怎麼了？」她問。

「嗯，」我有點不好意思。「嗯，這性別欄有點問題。」

「什麼問題？」她拿回去翻看著。

「嗯，蔡詩萍是男性，可是上面印成女性。」我解釋著。

「喔，蔡詩萍是你嗎？」「是啊，是我。」「你身分證給我。」我遞給她身分證。

她看看後，錯愕一下，接著笑出聲。告訴我，那你兩週後再來拿新的。

「可是我從台北來，再跑一趟，很麻煩啊！」因為當時我是去基隆考的駕照，台北基隆來回是很麻煩。

隔著玻璃窗，她說：喔這樣啊，那我改改看吧。她走進櫃檯後面，我看不到的角落，應該是在跟誰商量吧。過了一會她回來，把駕照遞給我。我一看，咦，正面的性別欄還是「女性」啊。我正要問她，她不耐煩的說你看後面的備註欄。

我一看愣了一下。後面的備註欄上，用藍色原子筆寫下一行字：「此人性別已變更為男性。」後幾個字上還押了一方印鑑，以資證明這改動是主管機關認可的。

我的表情一定讓她不耐煩，她說不然你兩週後再來嘍！

我能說什麼。拿了那張駕照，摸摸鼻子走出去。

「此人性別已變更為男」，只因為他老爸替他取了一個文雅到不行的名字！只因為，這名字繼承家業，又傳達了老爸漂泊的感嘆。

那張駕照用了幾年後，在一次臨檢時，因為過期被警察沒收了。

但還好，我真的是男生。只是取了一個較中性偏女性的名字而已。

多年後，我太太「書煒」，則相反，取了中性偏男性的名字。「書」對我的「詩」，火字邊的「煒」碰上我三點水的「萍」，一切都像天注定。

我老爸替我取名時不知，我岳父替他女兒取名時不知，他們都不知以後這兩個名字「詩萍」、「書煒」的相遇，相生也相剋，不過那已是另一段愛情與族群的故事了！

儘管人生一路前奔，都回不去了。但我們的名字，一定都背負了許多爸媽的心思。爸媽的期盼。

回不去了。那時我老爸一定是這樣想的

回不去了。回不去了。那時，我老爸一定是這樣想的。他回不去了。雖然我們兄弟要陪他回去。雖然花費不是問題。雖然已經至親不在。但他若要回去，一切都應該不是問題的。

但，我老爸對回去故鄉這檔事，始終是搖頭的。

我不太能理解老爸在想什麼。健康情況還可以時，年年清明，他都是默默的，卻全程身體力行的把祭祖這件事當大事看。於是，老媽準備好牲禮，老爸拈香、上香、默禱、叩頭，再合掌默禱。我們幾個小孩，排成一列，拈香、叩頭，完成一個家族的祭祖儀式。自從他精神狀況不好，身體健康日漸不佳後，這些儀式簡化了許多。可是，他明顯是心繫於思念故鄉的某一些情愫的。

但即使是最最靠近他故鄉的那一次，他都到了武漢，離老家不過百公里之遙，老媽問他：想念就回去看看吧，燒個香，叩個頭，我們就回來。

老爸沉默一會，還是選擇近鄉情怯，轉往台灣回家的路上移動了。那是最近的一次，他可以回故鄉的機會，他放棄了。如今年近九十，我們也不放心他回去了。

有一回，我們全家陪他去金門，那段八二三砲戰，他在槍林彈雨中，抱著我躲砲彈，陪著少妻進防空洞的年歲，他在金門度過了難忘的歲月。重回故地，他除了一再重複，變太多了，變太多了，多半時間是沉默寡言的。偶爾，遙望天際。偶爾，眺望大海。偶爾，喃喃自語。偶爾，看看我，說那時你在我懷抱裡砲聲隆隆，卻睡得安穩。

我攙扶著他，笑一笑，當年半歲大的男嬰如今也已半百了。

他在八二三陣亡軍人的墓園裡，沉吟最久。

我女兒跟她堂哥，堂姊，小孩子的本能，見到墓園裡排列整齊的步道，花木扶疏的蒼翠，便如同見到公園一般，才一下子，便融入環境，當成嬉笑追逐的樂園了。

我們管也管不住，還好不是旅遊旺季，墓園裡除了我們自家人，不見外人，便放縱三個小孩，在宛如公園的墓園裡，忽焉出現忽焉消失的，奔跑，嬉戲。孩子的天真，多少驅散了墓園淡淡的哀愁。

我陪著老爸，邊走邊看。他很專注。每個墓碑前，都看看。大半個鐘頭後，他累了，坐下來。過一會，他又起身，再沿著小徑，一個墓碑一個墓碑的看。

我問他，找什麼？

他說找找認識的人。但年代久遠，有些熟人的名字，他也記不全了。或者，當他自以為記住，卻始終沒找著時，我老媽才提醒他，那人確實過世了，但不是在金門，不是在八二三砲戰裡。

我爸點點頭。眼神蒼茫。但墓園裡的確有他們夫妻當年認識的人。一位老長官，座車被擊中，連同傳令兵、司機全數陣亡！一位老戰友，來不及跑到防空洞，在營部裡炸得身首異處。一個同鄉，才說完砲襲結束後要一塊去餐廳打菜，孰料老爸老媽走出防空洞，旁人便告訴他們，那人提著餐盒，在洞口前被炸了。

老爸喃喃著，無限感傷。

老媽陪坐在一旁，陷入往事的追憶。

夕陽餘暉中，老爸累了，坐在小徑台階上休息。

我獨自在墓碑與墓碑中遊蕩。

我看到一座墓碑，上面寫著山東萊陽，卒年十七歲。算算若躲過戰火，躲過病死意外的侵襲，現在也有七十好幾了吧！但他死於砲戰，連他山東的家人都未必知道他飄洋過海，早就過世的噩耗吧！

我還看到幾座無名塚。連身世、姓名、年歲都無法記錄。他們從哪來，他們是誰，他們必有親人，他們必有所愛，但都不重要了，他們只是那場砲火下，被吞噬掉的一群無名之人。

老爸端視墓碑的心思，到底想什麼，他不多說，我亦無從得知。不過，每個名字，都曾是一個期待。每個名字的離鄉背井，都曾經是一段故事吧。

這使我想到，每個人都該有個名字，每個名字都該承載了父母長輩無盡的疼惜與期待。然而，墓園裡墓碑上的每個名字，都回不去了。都回不去了，他們被無情的戰火，截斷生命，永遠停住在金門這個蕞爾小島上了。

多年後，我老爸近鄉情怯，不願意回去，也許是因為歷經那場戰火後，他已經知道人生的旅程，是再也回不去了。

他按族譜，在「詩」字輩上，為我取名「詩萍」。如浮萍般飄蕩，如浮萍般流動。他與台灣初遇的心境。離鄉背井，在他長子的出生時，剛好畫下十年的里程碑。

他為我大弟弟，取名「詩鄂」，跟許多外省族群一樣，鄂字，表明這兒子的老爸來自湖北。他思念故鄉的心境。他要他的子孫，不忘自己的源頭。

他為我小弟取名「詩祥」，小弟是早產兒，出生後，很長一段時間，爸媽並不確定，他是否能安然走過早產的風險。老爸要他吉祥平安，健康長大。這是他壯大家族的心境。

我小妹取名「惠榮」。寄望了老爸對么女的深深祝福。柔順溫和，榮及家族。他寵愛么女的心境。他逐漸老了。沒辦法，他有么女時，已經四十多歲了。

老爸的確回不去了。他的家，已經在這裡了。他的飄零，在這裡開枝散葉。他當年躲過八二三砲戰，那一顆顆在頭頂呼嘯而過，在周遭墜落炸出一個個凹洞，甚至取走他的同袍，奪走他的長官生命的砲戰，一定給了他很大的震撼：活著，到底是為了什麼呢？

多年後，他曾經跟他的長子說，他的長官勸他，不要結婚吧，我送你去陸軍官校受訓，以後你可以晉升軍官。他想了想，跟長官說，算了吧，我還是結婚生子，安定在這裡吧！

就這樣，他有了四個小孩。一個接一個的長大。一個接一個的結婚生子。過年時，他有了三個孫子孫女跟他叩頭拜年領紅包。

回不去了，回不去了。而我們則在這裡，繼續壯大、繁衍。

這曾是我老爸，他一個人的故事，而今，是一個家族的故事了。

回不去了。以前的日夜嘆息，原來可以開花結果呢！

回不去了。回不去了。我爸媽堅持要陪我搬進宿舍，還扛著一袋日用品。我爸媽頂著風雨，參加了我的畢業典禮。我媽硬要塞進袋子裡七八粒饅頭大餅，說吃不完請寢室室友吃。我爸把我給他的家用，拿出幾張，放在我手裡，說家裡夠用就好，這拿去約會用。我說過年了買套新衣吧，爸媽左挑右選，各自選了極為平實的衣著，還連聲自嘆老都老了還穿什麼新衣服啊！

出門前，老婆特別交代了，別忘了，到學校福利社替女兒買兩套夏季運動服。過了個年，女兒長高快十公分，袖長不夠，褲長不夠，襪子也嫌短了，裹不住積極往外竄的腳趾頭。在車上，我調侃在吃早點的女兒，「長這麼快，衣服沒穿多久就又要換大一號的了，老爸都被妳吃垮嘍！」

女兒瞪我一眼：「那你還要我再長高一點，再多吃一點啊？」換我故意瞪她一眼，「幹嘛跟爸比鬥嘴啊！」

女兒很得意。繼續吃她的早點。

這陣子，幫她添購了新的裙子，新的襪子，新的襯衫。處於「成長進行式」的她，買起衣服來，真是尷尬。剛剛好的尺寸，不出半年左右，必定捉襟見肘。若買大一點，勢必有段時間，她會像演默片的卓別林，或馬戲團裡衣服大一號的小丑，成天為衣服過大鬧彆扭。總之，女兒漸漸到了新的階段，說她是兒童嘛又彷彿多了一些女孩味，說她是少女嘛又還嫌早，真是一段尷尬期。

我這一輩四個孩子，小妹除外，三個兄弟在成長期，這樣的麻煩好解決。大哥穿過的衣褲，大弟接手，大弟穿不下了，老三穿。制服如此，便服如此。

老三比較倒楣，他若買新衣，老媽一定考量到後面的妹妹無法接收，因此買起新衣來，躊躇更多。

但我這做老大的，未必全佔便宜。客家老媽精打細算，我的衣服總要多穿個幾年，才算撈回本似的。於是，袖長可以捲起來，長大了再放下。褲長可以先打個摺邊，長高了再拆開。至於腰圍嘛，也不用擔心，老媽會說：「皮帶繫緊一點不就可以穿上了嗎？」她嗓門很大。鄰居都可以聽到。我很氣。

小學、國中時，我的衣服永遠大上一號，連鞋子也是。難怪我總是掛著黑框眼鏡，低著頭，走路看地面，因為我覺得全身不對勁，自己穿起來彆扭，別人一定看我活像個大傻瓜！

為了買衣服，我們三兄弟常跟爸媽嘔氣。樣式，不能挑，要適合三兄弟，兄終弟及，一棒接一棒。顏色，不能挑，免得老大喜歡了，老二老三不愛。品牌，當然更沒得挑，要看爸媽的口袋深度而定。可以想見，爸媽的口袋通常是很淺、很淺的嘍。

小時候，總厭惡老媽的嗓門大，老爸的命令很嚴格。尤其，全家出門，連過條馬路，也常是要過之前，聽他們三令五申，「要小心，手牽手！」都已經過了一半了，還聽他們大呼小叫的，「要小心，趕快過！」

長成青少年階段的我，乾脆不跟他們出門了，就說要在家備課。連這樣，也會招來一頓責備，說什麼好端端的，沒事破壞一家出遊的興致！倒楣的還是我，連弟妹都嫌我討厭了！

那樣的童年，那樣的青少年，還能說什麼呢！我現在回頭看那時拍下的照片，難怪很少是笑得開心的。嘴，多半抿住。眼神，多半憤怒。表情，多半冷冷的。標準一個憤青。

但現在回顧老爸老媽那年代的照片表情，在他們面對鏡頭擺出和樂融融的神態之下，竟也可以看出一些疲憊，一些飽經生活重擔的萎頓。我現在翻看昔日照片，內心多了許多不忍，許多虧欠。

在那樣拮据的生活裡，他們還是想方設法的，張羅我們四個孩子的食衣住行。每天六張嘴，可以吃下一桶飯，還不包括後來我唸高中，大弟唸國中，老爸與我們兩兄弟的便當。

在那樣疲憊的日子打理中，要盯我們功課，要盯我們言行，要顧到衣服短了，褲子不夠長，鞋子裂出口子，便當裡不能老是一顆荷包蛋，外加一些昨晚晚餐的菜餚，他們擔心營養不夠，我們長不高！

他們每天這樣過日子。日子，像永無止境的軌道，一站接一站的過。大兒子過了國中這關，過了高中這一關，老二接著上來，不久，老三再接上來，再不久，還有小妹妹也要唸書了，她是個女生，前面哥哥們的衣物用品全都不算，一切重來！我爸媽，應該在那些年，日日都緊張，年年都頭疼，歲歲都疲憊吧！

難怪，他們嗓門大。難怪，他們也要不時彼此吵架。相互嘔氣。不然，生活的擔子，怎麼扛下去呢？

生活本身就不是看連續劇，今天演完可以關機休息明天再看續集。他們若不嗓門大，我們四個小孩誰理會！他們若不嗓門大，又如何宣洩日日重複的壓力，月月必繳的帳單呢？

但他們，我親愛的爸媽，總是沒有放棄他們的擔子。總是努力的讓我們孩子一天又一天的安然度過，在夜裡，當我們睡著，他們不免會嘆息，明天的菜錢，下月的學費，以及，我們又要長高、長壯的新衣褲吧！那樣的夜晚，難怪他們嘆息。

所以，他們，我辛苦的爸媽，難怪要在我搬進大學宿舍，我大學畢業那天，以及以後的，許多他們認為重要的日子，全身盛裝，全程參與，因為他們知道這些都是他們過去牽腸掛肚的每一天、每一夜，煎熬出來的花朵。

他們怎能不參與呢？唯有此刻，他們才知道，以前的日夜嘆息，原來可以開花、可以結果呢！

而我，又是多麼願意他們繼續大嗓門的說：這是我兒子的媳婦呢！這是我兒子的女兒呢！這是我兒子的新書呢！這是我兒子的節目呢！

歲月悠悠，天長地久，而我們，只在生涯的其中一段，跟我們的父母相遇，聽他們嘮叨，聽他們嘆息，聽他們在養育我們的辛勞中，默默的喘氣。

我幫女兒買的襪子，顯得長了些。她媽咪說：沒關係，過個半年就剛剛好了。

女兒抬頭望望我，那眼神多麼熟悉啊！

回不去了。回不去了。我想念國中時，腳上拖著的那雙過大的軍用皮鞋。我整整穿了三年。

回不去了。我想念老媽一路追著我打的年歲

回不去了。回不去了。如果我還想回去老媽當年追打我的蠻勁，那肯定是回不去了。如果，我還想回去老媽一把鼻涕一把眼淚的，叨叨絮絮要我好好唸書，不要學壞，那肯定也回不去了。

我母親已經七十五六了，膝蓋不好，常常腰痛，不可能再有當年的體力與意志，去緊盯她的兒子該往哪裡走了。

當然我也走過了大半人生，應該不需要她再煩心再憂掛了。

我們都回不去那樣的年代了，母子如同追逐，如同拔河一樣的，見證了親子之間永恆的關愛與期待，一代接著一代。

但，如果我只是想回家，想回家吃一碗牛肉麵，吃一張、兩張蔥油餅的話，那真的我還回得去，我老媽佈滿老人斑的雙手，仍能靈巧的揉麵，仍能把一鍋牛肉燒得香氣四溢。如果，我願意常常回家的話！

老媽是客家女子。若說，她天生像客家人一般儉樸、吃苦、手藝靈巧，應該也是事實。可是，我年歲越大，我越覺得她應該也是因為環境的嚴苛，使得她必須吃苦耐勞，才有辦法在我老爸微薄的薪水下，扮演起巧婦的十八般武藝，樣樣精通起來。

我至今還有一些小學以前的模糊的飲食記憶。

我老媽切了一盤白斬雞，鮮白的雞肉切塊，油膩膩的雞皮下，雞骨處還泛著幾絲暗紅的血色。我跟大弟弟猶豫著，不知如何下筷子。我老爸二話不說，把整盤雞塊倒進鍋裡，下醬油，撒薑蔥，一會兒一盤紅燒雞端上桌，我們兄弟一下子吃得精光。那是我很小時，對外省老爸紅燒雞，客家老媽白斬雞，一次大對決的記憶！當時，老爸略勝一籌！

但我們住進眷村後，村裡南腔北調、各地風味，我老媽一個年輕的客家女子，竟也短短數年之間，饅頭包子花捲難不倒她，蔥油餅、牛肉麵難不倒她，至於年糕、發糕、蘿蔔糕，她更是反過來教了許多外省媽媽如何把台灣味入到這些應景的年節糕點裡。

老爸拿手的珍珠丸子、牛肉丸子、韭黃鱔魚、清燉牛肉麵、大白菜火鍋，還有各式滷味的絕活，都被老媽青出於藍了。很多年後，我們幾個孩子甚至只記得老媽的口味，都有點淡忘了老爸曾經有過的手藝了。

老媽的味道，最難令人抵抗的，常常發生在自己最脆弱的時候，生病時，感覺孤獨時，那些味道便彷彿沿著身體裡面的記憶神經線，一點一點的滲出，往上攀，往外滲，終至於我們突然感覺到無論自己多大歲數了，想到老媽的菜，老媽在廚房裡的穿梭忙碌，我們就禁不住想靠上前，偷偷在鍋子裡挾一筷子菜，塞進口裡，燙得眼淚直冒還說好吃好吃。

有位朋友到了國外很多年了，他的雙親早過世了。可是有一回他到朋友家聚餐，吃了一道蔥燒黃魚，他吃得淚流滿面，因為他想到他浙江籍的老媽。他說他小時候，黃魚特貴，偶爾家裡有兩條，她老媽就煞費介事的，在廚房裡烹煮。他放了學，回到家，聞到蔥燒香氣，跑進廚房，看老媽在狹窄的空間裡，拿起鍋蓋，白熱的蒸氣籠罩，他站在廚房門口，老媽微笑的把蔥燒黃魚鏟進盤裡，要他去洗手，擺碗筷，叫老爸老姊老妹一塊出來吃晚飯了。他站在那，貪戀的聞著黃魚香久久不肯離開。

老友寫給我的email裡，這樣說著：「我久久不肯離開廚房去叫家人吃飯，我老媽搖搖頭，罵我一聲貪吃鬼，然後，撕下一小塊黃魚片，她知道我愛吃靠近肚子的那一邊，特別撕下那一塊給我。」他說，那一晚他在朋友家再吃到蔥燒黃魚時，他整個嘴裡、眼裡、腦海裡，全是小時候他媽媽站在廚房裡煮蔥燒黃魚的畫面，熱氣蒸騰，油香四溢，他完全不能控制自己了。他好想他逝去多年的媽媽，那個替他燒過很多盤蔥燒黃魚的老媽。

我老媽不燒蔥燒黃魚的。黃魚，那年代，太奢侈。

但我老媽的白斬雞特香，經過了童年的記憶後，我以後的白斬雞經驗都是味道誘人的。連我老媽後來的紅燒雞也不輸我老爸了。

那一天，有事要到新竹，我打電話回去，說順道看看她跟老爸。她淡淡說那就回來吃碗麵吧。我以為只是一碗清淡的加點豬肉片的麵，沒想到一回去，她端上的是一碗牛肉麵，一盤蔥油餅。她說反正順手做嘛，你爸也可以吃，不麻煩。

我看看她。頭髮白了，她顯然有去染。腰有點駝了，看起來更矮了些。雙手老人斑不少，但指甲剪得乾淨俐落。我吃著麵，她坐在一旁，跟我閒話。

我吃著吃著，突然心頭酸潤起來。我想到我那朋友從美國寄來的信。

我多麼幸運啊，我老媽還能在我路過老家的一個夜裡，替我煮了一碗牛肉麵，煎了一盤蔥油餅。她蒼蒼的老邁，我幽幽的中年，這個久歷風霜的老家。我們都回不去了。回不去她以前的年輕，回不去我幼稚的年歲了。

但我還回得了家，回來吃她煮的菜。做的餅。

而且我走的時候，她一定要我帶一包水餃，帶一袋包子，要我帶給她孫女吃。

我跟她說，女兒特別愛聽小時候她追打我的往事。

老媽聽了笑一笑。「你那時真是頑皮死了！上沒幾天課，老師就來家庭訪問，老師一來，我就知道你又在學校闖禍了。」

是啊。我附和著。

有一回，我闖了大禍，把隔壁班同學的頭，砸破一個大洞，鮮血直流。老媽一被通知，二話不說，去跟人家家長道歉賠不是，賠了醫藥費。回到家，鐵青著臉，拿了掃帚，拆掉把手竹竿，就往我身上一陣猛打。我跑出家門，她一路追出家門。跑了幾百公尺後，她追不動了，氣喘吁吁。我停在遠處，也氣喘吁吁。

我們母子僵持在那。她進幾步，我便退幾步。黃昏漸近，晚風習習。她最後拋下一句：「你有種就不要回來吃飯。」然後轉身回家做飯了。

女兒問我，那你回家吃飯了嗎？我說當然啊，不然怎麼會有後來的妳啊！女兒呵呵笑著。

回不去了。我老媽一路追著我打的年歲。

回不去了。老媽把我交給老師，回頭看看我

回不去了。回不去了。老媽把我交給老師，回頭看看我，目光裡有鼓勵，更有警告。隨後她再回頭謝謝老師，然後走出去。外頭有陽光，她彷彿進入一片光暈裡。我繼續啜泣。

我突然衝出去。老師拉不住我。我衝到幼稚園大門口。門還沒關上。我衝出去，不管後面的老師怎麼叫我！

老媽一開門，看到我嚇一跳。我撲上前，在她凸出的腹部上大哭。「我不要上學！我不要上學！」老媽拍拍我的頭。她應該滿無奈的吧。這是我連續幾天跑出幼稚園了。

但我弟弟很高興，他跑過來，笑咪咪，說哥哥來玩躲貓貓吧。

我五歲了。我弟弟三歲。老媽肚裡，是我未來的小弟。老媽成天挺著肚子，忙家務也便罷了，偏偏我這長子，硬是不肯規規矩矩的上學，搞得她尤其困頓，尤其疲憊。

長大後，我不時想整理幼時的記憶。

我問老媽，為什麼我對幼稚園的印象很少？我不是唸了中班、大班嗎？

我老媽戴著老花眼鏡，明確的告訴我，只唸了一年幼稚園大班，而且還斷斷續續。她一直送，我一直跑。很累啊！

為什麼我非要去幼稚園呢？以我們當時的環境，我若在家是最省開銷的。不過我老媽已經懷了我小弟，還有三歲的大弟要盯著，她真的分身乏術了。

我可以設想，在夏夜的晚上，她挺著疲憊的身軀，跟老爸吃過晚飯，叫我在院子裡陪大弟玩耍。她一邊撫弄著肚皮，一邊擦拭額頭的汗珠。老爸很心疼，亦很心憂吧。一名低階軍人，要養三個孩子了，薪水是一定入不敷出的！但還是要活下去啊！

我只能去幼稚園了。

那所幼稚園就在我家後面，緊鄰一條小路。圍牆很矮。我高中後不用踮腳尖，就可以直接看到園裡的風景，那時，幼稚園的軟硬體已經改善很多了，是我們那幾個眷村，小孩必唸的幼稚園。

但我唸的時候，幼稚園仍非常簡陋。

簡陋的另外一個說法，是環境很自然。

幼稚園裡樹很多，花木扶疏。房舍平凡而簡單，冷氣當然是不可能的奢侈品，連電扇似乎也沒有。但，或許也有吧，我不那麼清楚了。

教室的窗戶極大，至少開窗開得極大。我會有這鮮明的印象，乃因，我跑出教室的其中一條路線，就是突然從窗口跳出去！

跳窗，這檔事，似乎跟我的童年始終糾纏。我直到小學低年級階段，跳窗，不管是逃課，還是跟同學遊戲、鬥毆，從窗口跳出去，一向是我拿手功夫。小一時，被老媽列入轉學紀錄的一項惡劣行徑，便是一口氣跳窗一下子踢破整面玻璃，我倒沒怎麼受傷，傷的是我爸媽當月的開支緊縮，因為拿去賠給學校了。

話說我在幼稚園的那一陣子，要逃離校園，我就跳窗。

跳出窗，我便往大門跑。雖然幼稚園就在我家後面，可是它的大門剛好在另一頭，我若爬牆，一翻牆就可以進我家院子，可是圍牆高度對那時的我，不啻需要俠盜羅賓漢的俐落，唸大班的我，無論如何是不可能的。

我只能從大門攀出去，雖然因而要走一條不算短的彎曲小路。路上有狗，有狗屎。也要經過幾條巷口，巷口總會走出一些認識我媽的大人們，以驚訝的眼光看我：你怎麼沒去幼稚園啊，小萍！

沒辦法，我只好突地加快腳步，往家的方向跑，留下他們的疑惑眼光，引來狗狗狂吠的追趕，我嚇得大叫。弱小如我也會反撲，突然轉身，蹲下，佯裝撿起石頭，作勢丟向狗狗。狗狗回頭跑，我也回頭跑。狗狗一看我並沒有真丟石頭，有的會回來再追我。我再佯裝作態。偶爾，會有一兩次經驗，會有一兩隻狗，就是不肯放棄，追著我，一來一回的。

終於，家門口到了。我大喊一聲，勇氣倍增。追我的狗狗，退出巷口。因為，我家巷弄內的，幾戶鄰居的幾條狗狗們，也狂吠起來了，牠們畢竟是認得我這小鄰居的！

這樣的戲碼，我記得一些，片片段段的，但我老媽記得可多了。

她記得我幼稚園老師的名字。

她記得我曾經因為這樣跑回來，被一隻狗咬傷了右後腳跟，還去打了破傷風針。

她記得我哭哭啼啼被帶到幼稚園，不久，又哭哭啼啼的自己跑回來。

她記得這樣的拉鋸戰，連老師都非常不好意思了，因為，幼稚園竟連一個小男生都看不住！

她記得我回家之後，為了不要再被送進幼稚園，我會整天，或整個下午都很乖。跟弟弟玩，不吵不鬧，讓她做完家務後，還可以倚在籐椅上打個盹，睡個午覺。

而我記得的是，我有時可以吃到她做的涼仙草。

有時，她會煎幾張薄餅，加了砂糖的，我跟弟弟坐在地板上，吃幾口餅，喝一點水。外頭日光明亮，天氣悶熱。家裡大同牌電扇，坐在桌上，呼嚕呼嚕的旋轉著。夏日午後，沉悶悶的日頭，熬到了下午，風雲變幻，雷聲大作，一陣暴雨沖刷著石棉瓦的屋頂，我跟弟弟興奮不已的，擠在窗邊，看院子裡的泥地瞬間泥濘。弟弟依偎著我，說還好哥哥你在，不然好可怕啊！

我媽坐在籐椅上，困頓的，疲憊的，她也許也覺得此刻還好我在家吧。

很多年很多年後，眷村拆了，幼稚園消逝了，不剩一磚一瓦。我老媽年紀大了，滿佈皺紋的雙手，有了疲勞過度的肌腱炎，可是她還能做一些蔥油餅，煮一鍋冰鎮綠豆仙草湯。這都是我女兒，她的孫女的最愛。

我女兒唸幼稚園中班的第一天，哭鬧不停，死不上娃娃車。她媽咪最後陪坐到學校。再狠心的放她在那。一連一個禮拜，天天如此。

我呢，做的是心理輔導工作。晚上她來撒嬌，我就跟她講我以前唸幼稚園爬牆，跳窗，跑回家被狗追的往事，她笑呵呵的。

回不去了。回不去了。我女兒唸完幼稚園，上了小學，都已經十歲了。

回不去了。我們的命定人生，必有意外之愛

回不去了。回不去了。夾處於老爸老媽與少妻稚女之間，我知道我完全沒有「回去」的餘地。甚至，我連「未來」的選擇空間都不大。

我當然是過河卒子，只能拚命向前了。

我要老邁的雙親活得更好一些，我要少妻稚女過得更安穩一些，於是我必須把自己照顧得更好，期待得更高！

這是一個晚婚的老公，高齡的爸比，中年的兒子，對上有父母、對旁有妻子、對下

有女兒，必須做的承諾吧。

每當我在山路上，跑得氣喘吁吁，上氣不接下氣時，最常對自己的鼓勵就是：「跑啊，老傢伙，現在知道苦了吧！誰叫你不早點結婚，誰叫你不早點結束文青，誰叫你不早點生小孩，誰叫你……」

是啊，當我在山路上一個勁兒的咬緊牙關，齜牙咧嘴的往上坡，挑戰自己年齡對抗地心引力的拉扯時，路旁經過的，早起的，爬山的，散步的，路人們，或許很難看出，我真是內心天人交戰啊！

「做了過河卒子，只能拚命向前。」當年白話文學之父胡適，送給他自己四十歲生日的賀詞，是多少中年大叔有家有室，上有雙親下有兒女，夾心三明治的最佳寫照啊。

只能拚命向前！不然，你就成了不負責任的逃避者了！

我當然可以這樣選擇，對吧！如果我們完全不想有任何拖累與責任。一旦那樣選擇了，我們會快樂嗎？我指的是，在日常生活的重重關係網絡下，背負責任，而後歷盡艱辛，終而有一天，喘口氣，坐下來，喝口茶，回顧前塵往事，跟自己說：還好我們付出了，曾經，於是現在感覺充實而飽滿啊！

有一段時期，在我青少年到青年期階段最明顯，我對爸媽由於貧困夫妻百事哀的無奈，很不能理解，於是反射在我對愛情、婚姻的看法，是極其灰色的。來來去去的交往，雖然也會痛，「但痛過就痛過了，總比兩人困在一個家庭的無奈裡，久久掙扎不去好吧！」我每每在傷痛之後，這樣安慰自己。

但真是這樣嗎？

快四十歲的某一傍晚，我沒有事前告知，便因順道而回老家看看爸媽。老爸精神不佳，出門透氣了，老媽一人在院子裡打掃。看到我，嚇一跳，但非常開心，我有一陣子沒回去了。她硬要替我煮一碗餛飩，「我自己包的，你吃吃看。」

燈下，我倚在廚房門邊，跟她閒聊。水滾了，她一掀鍋，熱氣蒸騰，瀰漫小小的廚房。她佝僂很多，背駝了，髮蒼了，手背上斑斑點點。

那段時間，我脫離前一段感情有兩三年了，心態消沉，不想戀愛。

看著她，我突然問她：「我跟F分手後，您是不是有打電話給她？」我老媽尷尬的笑笑。「嘿嘿你怎麼知道？」她再掀開鍋蓋，丟下一把青蔥。

「我們有通過電話，還是朋友嘛！聽說您講得很感人呢，她差點要回心轉意哪！」

「真的？」我老媽很認真。

「開玩笑啦。」我拍拍她肩膀。

「喔！」老媽若有所思，起鍋，把餛飩倒進碗裡。我端出來，我們母子倆，坐在餐廳燈下，我吃餛飩她講話。屋外正黃昏。

F跟我分手後，老媽確實打過電話給她。這是我難以置信的。通常她都是由我們孩子自己決定感情的事，從不插手。

「我媽跟妳說什麼？」

「她說要我體諒你。」

「哦，體諒什麼？」我驚訝老媽這樣說，不像她，至少不像我以為的她。

「體諒你壓力大，家計都靠你扛！所以有時你會心情不好！要體諒你啊！」我不知道電話那頭她的表情，但我這頭是很意外的，我老媽幹嘛講這些。

「你媽還說都怪她跟你爸拖住你了，不然你應該會更好的⋯⋯」

「喔，這樣啊！」

我們還聊了什麼，隨著時間淡去我都記不起來了。可是老媽竟瞞著我，打電話給她，而她說的交談內容，我老媽從來都不曾在我面前說過。F掛電話前還交代不要跟我媽講她告訴我這件事，「做長輩的，總是這樣吧。連我媽都說跟你分手我太衝動了，你看你做人多成功啊！」她開玩笑地說。我們在電話兩端都笑了。分手已成事實，這樣反倒很溫馨。

那是我對我老媽很錯愕的一次了解。原來她偷偷打了電話給我分手女友。她從來沒有告訴我。我很難想像，那是怎樣的一種氛圍啊，她坐下來，戴上老花眼鏡，專心一意的，一個號碼一個號碼的撥……

我們家的互動一向含蓄。甚至因為四個小孩食指浩繁，爸媽都要工作，平日管教我們只好用「一個口令、動作一致」的方式，才見效率，因此外人總感覺我爸媽，尤其我老媽，嗓門特大。但我老媽若沒有特強的心臟，特細緻的耐性，特耐操的體能，應該也無法撐出一個家的局面吧！

那傍晚，我吃著餛飩，看老媽坐在燈下，格外有感。

再隔了幾年。我認識了我後來的太太。

我老媽很喜歡她。
我太太又自有她的獨特風格了。我雖然也慣性的在婚姻之前猶豫了一陣，但這次，終究一腳跨進門檻了。結婚時，老媽打了一對金手環、金鍊子，像每位傳統的媽媽升格為婆婆一樣，疼惜著她入門的媳婦。
跨進婚姻，我對自己是有期許的。
做了過河卒子，只能拚命向前。
我有回跟女兒聊天。聊到送子鳥的傳說。她很認真的對我說：「我有跟媽咪講，我一定是你們的小孩！」
「喔，為什麼？」
「因為，送子鳥是排隊的，每個小孩都排好了要去哪一家，我注定是你們小孩，就注定了。」
我看看她。也有點意外。
這世界有點意外應該不算意外吧！
我媽比我想的，還會做意外的事。我太太的出現，尤其是我生命裡的意外。我女兒會說出她注定是我的女兒的意外之語，則讓我這中年老爸毫不意外的要為她們母女全力以赴了！

回不去了。回不去了。我們若能在親人的網絡裡，細緻的去發現彼此，我們的命定人生，必有更多意外之愛！我越來越相信。

回不去了。熱得發燙的仲夏夜

回不去了。回不去了。炎熱的夏天，電扇呼呼的轉著，吹出的仍是熱呼呼的風。每個人都喊熱啊！熱啊！於是，大人們搬出椅子，拿出飯碗，坐在院子裡吃飯，汗如雨下，挾著飯菜囫圇吞下。孩子們可樂了，一邊吃飯一邊呼朋引伴。這個夏天，明顯是熱到不行了。

我們在屋裡等著。老媽在煮飯，老爸在檢查我們的功課。老爸白色的汗衫，滲出一粒粒汗珠，他揮著扇子，語氣隨著熱度漸漸增溫。我慘了，下午發的數學卷子一塌糊塗，不知道他看到老師的評語會不會狠揍我一頓。我望著廚房老媽那，她若喊一聲吃飯嘍，我就可以解脫吧。

我坐在小椅子上，等著，汗涔涔而下，真是炎熱的夏天。

大弟比我老實，一向老師怎麼規定，他必怎麼做，回到家，功課沒寫完，他肯定不會上床睡覺。我不一樣，寫不完，就變花樣。默寫課文，我必跳段，不是那種一整段的跳，這樣很容易被發現。我是一段裡，跳它個兩三行，上下語氣又接得很順暢，老爸若不對課文，絕對發現不出。但碰到數學成績，這種一翻兩瞪眼的分數，多少就是多少，壓根兒沒有閃躲的餘地，只能期望晚上發生一些什麼樣的意外，讓老爸沒法檢查到數學。

會發生怎樣的事呢？

可以發生怎樣的事呢？

老爸不打麻將，別指望鄰居吳伯伯、左伯伯、蔡伯伯拉他三缺一。

關於眷村自治會的事，老爸生來孤僻，早就跟鄰長李伯伯說過了，他只想安分過日子，什麼事都別找他。（老媽為了他這麼坦白，讓鄰居下不了台，還跟他吵了一架。）

所以也不能指望今晚會找他開會。

今晚，跟平常一樣，仲夏之夜，不是週末假日，村口也沒有露天電影可看，我找不出任何藉口，可以溜出去。

老爸沒事不出門，我沒理由不在家，慘了，今晚我的爛數學月考成績，勢必要讓我挨一頓打。我從傍晚老爸回家後，就一直焦慮不安。

老爸看完我的國文默寫，看完我的習字，叫我靠過去，用他粗大的手掌，握住我的手，對著習字簿上的楷書字體，一個字一個字的講：「你寫字時，心要靜，一橫一豎，不要急。你看這個國字，橫畫歪歪扭扭，豎畫不直不正的，一看就知道你在混，是吧！」說時遲那時快，他一個指節疙瘩就敲過來，敲得我眼冒金星！差點沒流下眼淚！

還好，老媽講話了。「都要吃飯了，現在罵什麼罵！要罵，吃過飯，再罵吧，聽隔壁小芬說好像發月考成績了！」

我的心，先是一鬆，要吃飯了，呷飯皇帝大，先過一關再講。

但老媽後面一句話，我立刻掉入谷底。這不等於讓我吃不下飯嗎？

大弟小弟把小桌子搬出院子，老媽把飯菜端出來，我無奈的把電鍋抬到院裡。隔壁的張媽媽很高興的打招呼，透過竹籬笆的縫隙。我同班同學小芬，也跟她妹妹們一塊走到她們家的院子裡。大概整個村子都出動了吧！這個炎炎夏日的夜裡，沒有冷氣的年代，家家願意與人溝通的年代裡，大家都把晚餐搬出了窄小的眷舍，要在夏夜的炙熱裡，讓彼此感覺我們都一樣，都是天涯淪落在孤島上的同命人，而且家家都吃得差不多！

老媽隔著竹籬笆，跟右邊的張媽媽聊天，還從籬笆上遞過去幾片蔥油餅。張媽媽端過來一碟辣炒雞丁，湖南口味。左邊的黃媽媽大嗓門問：下個月的會誰要標？是蔡太太，還是張太太？還是再過去的另一家蔡太太？竹籬笆的上圍，是屬於大人們的，尤其媽媽們，她們扯著嗓子交換生活情報。

我們孩子呢，趁著大人們招呼這招呼那的，除了大口吃飯吃菜外，還利用竹籬笆的下圍，彼此交易待會要玩的遊戲。大弟看我一眼，意思是要玩什麼。我低下頭，不吭聲，老爸在瞪我。

天氣真燠熱，白天的熱氣，似乎從地底冒出，熱得我滿頭滿臉都是汗。我吃了一口張媽媽的辣子雞丁，立刻嗆得我眼淚汪汪，一想到待會吃完飯，老爸就要檢查我的數學月考成績，我的淚就更是撐不住了。

老媽嘆口氣，說這麼大了，吃飯還是跟餓了七天的乞丐一樣，急什麼急啊！小心噎死你！

我一碗飯吃得特慢。老爸問我吃不下嗎？我搖搖頭。想想不對，又點點頭。老爸吃完最後一口飯菜，放下筷子，走出院子門抽菸去了。我心想，完了，回來就要收拾桌子碗筷，不久，就要看數學考卷了。

我食不下嚥的，吞下碗裡的飯。默默的起身，幫忙收拾桌子，兩個弟弟都興高采烈的跑出院門了。我低著頭，準備等待我老爸抽完菸，轉進家門。他正在跟對面的陳伯伯聊天。

我搬進最後一張竹椅，把剛剛老爸看過的功課收進書包，把那張只考了七十幾分的數學考卷拿出來，上次考了快一百，這次退步二十幾分，肯定是要挨揍的了。

反正，躲不過，索性等著挨打吧。

我心一橫，不再煩惱了。

我聽見老爸寒暄結束，要走進來了。老媽在洗碗，弟弟和鄰居小朋友追逐來追逐去的，天氣真熱，我滿頭大汗，手心都是汗涔涔的。

老爸要進門了。突然，啪，一聲，滿室幽暗。外面的小朋友喊著停電了，停電了。

隔壁的黃伯伯大聲罵著，馬了個逼馬了個逼，才打一輪呢，就停電了。馬了個逼，反攻個屁啊，電都搞不好！拿蠟燭來。一陣混亂，在突然停電的夜裡。

我可樂了。停電了。這一停，就是要到下半夜，沒電扇吹，倒無所謂，老爸可沒法看我考卷了。我在幽暗的微光中，笑了。明天再說吧。

回不去了。我喜歡小時候，眷村裡供電不穩的童年，真好，我至少躲過一次可能的挨揍。

那樣的仲夏夜，熱得人心發燙。

回不去了。那段孤獨、孤僻、孤單的日子

回不去了。那段孤單、孤僻、孤獨的某一種心境，隨著我年齡的遞長，我居住環境的變換，我身邊來來去去的身影，都回不去了。

我們家是不吃螃蟹的。

大一時，系裡辦迎新。吃自助餐，菜餚豐盛，大一的我，初來台北都會，穿上蹩腳的西裝，打上領帶，在窗明几亮的飯店裡，略感侷促不安。

好在菜餚豐盛，端起盤子，盯著每一道燈光下熠熠發亮的菜色，我很快就忘了忐忑。

有一道菜，我嚐了又嚐，覺得好吃到不行。看看菜餚前的牌子「螃蟹炒蛋」。我約莫拿了三次吧，後來不好意思讓同學發現我專吃這道菜，只好硬忍著，三次之後不再拿了。

那道螃蟹炒蛋，之所以迷惑我，因為我們家不吃螃蟹。

不知為什麼。我們家的家庭食譜中，從無螃蟹，至今還是。即使我們家四個小孩長大後，也吃了各式烹調下的螃蟹，也在家族聚會裡偶爾挑家海鮮餐廳，或在菜單裡偶爾點一道螃蟹，但，我們回老家的聚餐中始終沒有螃蟹。

我爸爸湖北人，十幾歲離鄉，走過許多地方。雖然隻身飄零，但總要吃飯過日子吧，螃蟹似乎沒有吸引過他。我媽客家人，節儉成性，或許螃蟹是奢侈的食材吧，於是螃蟹始終無緣。

我問過我媽關於螃蟹進不了我家餐桌的原因。她其實也答不上來。貴，當然是因素之一。不知道怎麼吃怎麼做？大概也是因素之二。但因為貴而不買，不買因而不懂怎麼做怎麼吃，隨著時間彼此互為因果，也就造成我們家小孩都是到了出門唸書工作以後，才懂怎麼欣賞螃蟹的滋味。

家庭的影響之大。從螃蟹一直與我的童年、青少年無緣，可以窺見一二。

我跟我太太有一回邊啖螃蟹邊談及我家不吃螃蟹的過往。

我太太拿著剪刀剪開一隻蟹腳，還撂下一句她的觀察：你們家還不相互擁抱呢。

我怔了一下。她說對了。我們家真不時興擁抱呢！若相較於我太太與她家人的互動，就明顯對比出這差異了。

我太太與她父親母親姊姊的接觸裡，擁抱、肢體的接觸、語言的親密性，每每都是流暢自然的。剛開始，我滿不習慣的。後來，見面時不擁抱，分手時不擁抱，反而讓我變成局外人一樣，於是我也學著擁抱我岳父我岳母了。越擁抱於是越流暢了。

更準確一點講，是我跟我太太認識交往親密之後，她教了我很多關於親密接觸，親密溝通的必要。而我們家這邊，恰恰最不重視這一塊。

我老媽疼我愛我不在話下。但她都不說成字句，而是做菜。我回家她做菜餵飽我。我離家，她做菜塞爆我的包包，讓我帶回去。小時候，她打我，是一邊哭一邊打，但仍然很少親密語言的流露。最能突出她愛我的動作莫過於她打過我後，或我老爸海扁我後，她會默默流淚，用萬金油、白花油之類的，幫我擦拭紅腫、烏青的傷痕。即使那片刻的母子溫馨，她，也不會抱抱我。

至於我老爸，一介軍人，就更難在語言上、肢體上，表達親密感了。我高中考上第一志願，他樂不可支，但嘴巴很含蓄，不過頻頻點頭，說很好很好很好。我唯一聽到的讚美，是他為這事祭了祖，點香、上香、敬禱，他唸著：我家長子考上第一志願，光宗耀祖……。但，他也沒抱抱我。

後來，我上台大時，他依舊重複這動作。頻頻點頭，笑不可支，接待上門恭賀的鄰居，也上香、也祭祖，也說我光宗耀祖。但我記得最親密的肢體接觸，卻是我受傷那次。

小四年級吧，我趁週日爸媽還在睡覺的清晨，跑出門，跟鄰居小孩到芭樂園偷採芭樂，翻過一道牆時，被牆頭上防人攀越的碎玻璃給劃開一條長長的傷口，在我左手掌上，鮮血直流，我慌張跑回家，衝進爸媽房間，叫醒老爸，他二話不說，捲起一條毛巾，纏繞我的手掌，直奔出門。那年代，家裡有電話很稀有，小地方計程車更難叫，他扛著我一路狂奔。我怕他罵我，不敢吭聲喊痛，但血滴滲出毛巾，滴在他背上，滴在路面上。他揹著我一定很累，但他直唸著沒關係沒關係，診所就到了診所就到了！一路上，他氣喘吁吁。那是我童年以後他抱我最久最辛苦的一次吧！

我老婆觀察到了，我們家是不擁抱，不說親密話語的。連帶的，我自小也不懂如何跟人表示我的親密關懷。我吃了很多這樣的悶虧，想跟我建立親密網絡的人，想必也吃了很多的苦頭。欠缺親密表達，我不容易讓人理解，不會接納親密，我也難以去理解別人。於是，某種孤單、某種孤僻、某種孤獨，便合理的籠罩在我青年時期以前很長的歲月裡。

我有時會想，國中時，國文老師讚美我文靜如我的文字，我的文字如我的文靜時，也許便已經點出了，因為我不會表達的某一些親密感覺，往往遂幻化成一顆一顆的方塊字，彼此堆疊，互相滲透，傳遞了我難以言喻的感情，難以言喻的孤單。可是那也只是一座文字的城堡，一座脫離實際的孤獨的城。

我太太很不一樣。她認為愛要直接，親密要行動。她喜歡我的文字，卻拉我走出文字的迷障，直向語言與肢體的碰觸。很像一部電影畫面吧，她不要我用優美的文字，僅僅要我把手放在她心口，「愛在這裡，不在腦裡。」她這樣比劃著。

我於是知道了生命裡，另一種形而上的感受，是要以形而下的方式去傳達的。

我現在會抱抱我的母親，我的父親。讓我女兒去抱抱他們，牽他們的手。

我女兒應該比我幸福多了。她很小的時候，就懂得爺爺的身上有菸味，奶奶的手背有老人斑，外婆的耳環是她幫忙掛上的，外公的擁抱是上海捎來的祖孫情。

而我的手臂，更是她的搖籃，她的溫床，她的避風港。
回不去了。也好，我的孤單、我的孤僻、我的孤獨，回不去了也好！

回不去了。當我流著汗，端著一盆衣物走向洗衣機

回不去了。回不去了。當我流著汗，端著一盆子衣服，走近洗衣機時，我就知道我回不去了。回不去那單身一人，可以把內衣褲穿到無衣可換，暫時用紙內褲充數的邋遢年代。

假日的清晨，跑完步，把一堆換洗衣物拿到後陽台，清風微涼，空氣清新，小鳥在離陽台不遠的樹頭鳴叫。再遠一點的山頭，一排纜車循序滑動，天空明亮。

女兒的運動服，很髒，不知道她是上體育課還是跟同學在泥地上打滾。短襪似乎撐

不住她的腳掌了，要換大一號了。媽咪的幾件便服，我的襯衫，兩件稍厚的毛衣該洗洗收納起來了，還有剛換下的汗涔涔的跑步服裝。我一件件放進洗衣槽內，順道把脫得扭七扭八的衣服拉正，怕洗壞的衣物再套進洗衣袋裡。按下啟動，水嘩啦嘩啦注入槽內。

我望著遠處的纜車，一節接一節的滑動著。每個車廂都應該充滿歡笑吧，不然幹嘛排得老長隊伍，幾個人一車廂一車廂的，上山下山呢。

假日媽咪女兒都會賴賴床。現在還早，由她們睡吧。我習慣早起，再怎麼晚睡，清晨天微亮，身體內的鬧鐘便輕叩腦門了，不起床反而難受。

以前單身時，我的換洗衣物，都是堆到快沒得換了，才一大袋的送去洗衣店。拿回來的乾淨衣物，也是一大包。然後一天天穿一天天換，等到快沒乾淨的了，再一大袋送去洗衣店。重複去重複來的，重複掉了我二十來年的單身生活。

結婚後，有了自己的家，我還滿愛洗衣洗碗燒開水的家務事。我太太典型職業婦女，倒也不是不能做家事，不過洗衣洗碗燒開水這類小事，我反倒比較積極。因為，我把它們當成了樂趣。一天裡，可以調劑身心的樂趣。

聽到壺嘴噴出蒸氣聲後，調小火力，讓水繼續沸騰，打開壺蓋，散發氯氣，兩三分鐘後，再關上瓦斯。若熱水瓶內熱水不夠了，再把壺水遞補進去，然後重新燒一壺。等水沸騰的空檔，我或者去洗衣服，或者做幾十個伏地挺身，或者翻幾頁書，或者望向遠方的纜車發呆。其樂也從容。

熱水新沸，如果時間夠閒暇，亦可泡杯茶。讀讀書，聽聽音樂。其樂也從容。

洗碗更好玩了。單身時，一個詞「懶」可捕捉我的邋遢樣。吃過的殘羹，用過的盤碗，先是一只孤伶伶躺在那，過不了多久，就開始疊盤架碗了，一堆可以數日。彷彿不如此，不能見證我的孤單！

但現在，即便一雙筷子一只碗擱在水槽裡，我也會盡快洗洗。

洗完後，把碗筷放進架子裡晾乾。用抹布把水槽周邊擦乾。看看水槽裡過濾雜物的袋子要不要更換。把已經陰乾的碗盤收進櫃子裡。然後，滿意的看看四周，還有什麼沒做的？沒有！那好，自己倒杯水，站在廚櫃前，慢慢喝著。其樂更從容。

一個人獨居，當然也可以乾乾淨淨。可是，「你不覺得那會更顯示出你的孤獨、孤僻與孤絕嗎？」我這樣跟我太太說，那是婚後我們的一次閒聊。

她說太難想像了，我竟在堆滿書，塞滿物件的環境裡，一個人住了那麼久！

「是啊，多可憐啊，若不是妳，我還繼續待在那雜蕪的單身牢籠裡啊！」我跟老婆撒嬌。

很浪漫吧！

說浪漫，也沒那麼容易啊。

我太太愛乾淨，整潔俐落。我恰恰相反，生性散漫，喜歡隨遇而安。結婚以後，我們一磨再磨，磨了又磨，磨到想放棄了，卻又心有不甘，於是再繼續磨。漸漸的，摩擦似乎少了些。因為我們漸漸懂得，在觸及對方的底線前，自己要先踩煞車！偶爾真是越線了，也懂得在最快時間內，跟對方說聲不好意思對不起。吵架的機率低了，婚姻看起來也就滿像那麼回事了。

婚姻看起來也就滿像那麼回事了。並不容易啊。我想起來，我還單身的四十歲出頭，有一晚跟國中同學聚餐，已婚的同學半安慰我半藉機吐苦水，說婚姻就那麼回事，不結好像有遺憾，結了又完全不是想像中的那樣。我喝著啤酒，調侃他：那你要婚姻怎樣呢？他哈哈大笑說，等你結了就知道啦！另一位同學，醉了，站起來，舉杯敬我，你趕快結婚吧，再不結，我第二次婚姻都要結束啦，你等著來喝我第三次喜酒喔！滿座哄堂大笑，嚷著喝醉了、喝醉了。

訂婚時，我跟岳父敬酒，他在我耳邊說，他女兒人很好，就是脾氣硬一點，你要多包涵多忍讓啊！我望向即將成為我妻的太太，她笑得一臉粲然，回頭望望我，我們相互點頭，她似乎知道她老爸跟我說什麼似的。

結婚後，她跟我說，我老媽在迎娶那一天，送給她一副金首飾，跟她講：我兒子心地很好，就是脾氣爆了些，以後妳要多忍忍他啊！

原來，我們的父母都很了解自己的兒女啊！

原來，在長期與兒女的互動裡，他們都很清楚了自己的兒女，適合怎樣的一個未來的伴侶。

但我們還是要靠自己，靠自己一邊摸索，一邊調適，在自己的婚姻裡，找出讓婚姻滿像個樣子的模式。雖不容易，但很值得。

回不去了。回不去了。我為妻女洗衣服。我為女兒準備早餐。我注意熱水瓶裡的水位。我把晾乾的衣物一件件從衣架上取下。我提醒自己到超市買幾盒保鮮膜、捲筒衛生紙。我不會忘記：女兒喜歡吐司烤得咬進嘴裡清脆清脆，媽咪喜歡豆漿熱熱燙燙，飯糰裡不要加油條。而她們母女倆都愛吃新鮮的蝦。

回不去了。我在她們母女都回房間後的夜晚，收拾好餐盤，置放一捲新的廚房紙巾。看看燈光下靜靜的廚房、餐廳。很好，一切都很好。我熄了燈，聽見女兒在房間裡喊我：

爸比，你過來吧，我要按摩！

回不去了。這麼美好、平淡的一夜。幹嘛回去！

回不去了。我晾起了衣服，幫老媽、幫老婆女兒

回不去了。回不去了。我站在頂樓，望著遠遠的天邊，沒什麼負擔的，回憶著。衣服都晾好了，我只是暫時不想脫離這掛好衣物之後，淡淡的悠閒感。

老媽說，放著吧，待會她上去頂樓晾。我說，妳就坐著吧，我來，在台北家裡我都是搶著洗衣，搶著晾衣的。

我走上頂樓爬了四層樓梯。推開門，風涼涼的。還好有日光，衣服晾起來，入夜也

就七八成乾了。老媽在頂樓，種花、種菜，花花綠綠的。聽說夏天還會招來蝴蝶呢！

我打開洗衣機，拿出老爸的內衣褲，寬大、鬆垮。老爸的長袖襯衣，年老的他怕冷。老媽總為他準備好幾件類似的長襯衣，襯在裡面。老媽的婆婆式內衣褲，一看就知道她在市場裡買的。我們幾個兒子帶她去百貨公司，她怎麼都不肯買式樣新一點的，老嫌貴又穿不習慣。幾條浴巾，幾件老弟冬日的厚毛衣，他常回家，老家總備有不少禦寒的衣物。不像我，回來很少過夜，久了，家中有時竟找不到幾條內衣褲，幾件應時的換洗衣物！

我一件一件掛在衣架上。風輕輕拂動未乾的衣物。下午了，還未到傍晚，日頭傾斜，威力尚在，很典型的鄉下的下午，安靜、祥和，如便利店一杯淡淡的卡布奇諾咖啡。偶爾狗吠，偶爾車過，偶爾有人探頭望望外面，日子太平淡了。

外頭走動的人不多，我在頂樓站了好一會。彷彿在享受這樣的午後的淡淡的卡布奇諾。

小時候，一直在有院子的眷村長大。

房子雖不大，院子則令人開心。彷彿有了一片天。

我們小時候，日頭炎炎，中午時分，老媽就放上兩個大盆子，兩三個小盆子，都是鋁製的。置水其中，日曬一下午，我們放學回家後，水溫猶在，就地洗澡。反正都是男生，光著屁股，開心的玩起水仗來。唯一的顧慮是，隔壁鄰居全是女兒，她們若跑到院子裡，我們就尷尬了。當然那是因為起初幾年，每戶之間不是隔著圍牆，而是竹籬笆。

以後我每每回想這些往事，常不解何以我們幾個兒子澡都洗得特別早，想想應該跟這樣的夏季日光節約，有很大關係吧。

還有，當時還買不起洗衣機。

我們早點洗完澡，老媽便利用我們寫功課的時間，把我們丟下的髒衣服清洗乾淨，趁著黃昏餘光，掛著，經過一夜，天亮時也差不多乾了大半。

我猶記得，濕淋淋的衣物，掛在竹竿上，隨一些些的微風搖蕩。滴滴答答的水滴，滴在水泥地上，很快漫成一片。很快又會乾去。小弟喜歡用拖鞋去踐踏水漬，再跑到乾燥的地面，踩出一道道鞋印。

水泥地旁，老爸留了一條長方形土壤帶，種過一株茶樹，後來死了。種過一棵夜來香，倒是活了好些年，夜裡清幽清幽的，是我對夜來香很早的接觸。後來也種過一株野生芭樂樹，結的果實好像從來都無法吃，後來也砍了。

不過，大樹之外，最接近土壤的部分，老媽栽了不少花。這習慣，直到我們買了連棟的四層樓房子，她還是改不了，才會在頂樓，用花盆，用保麗龍盒子，繼續栽種花果，栽種蔬菜。

衣服晾在陽光下，要乾不乾時，會有一種水氣蒸發的，悶悶的氣味。尤其，老媽清洗床單、被單時，最明顯。風起時，床單撲撲作響，像迎風招展的旗幟。還很年幼的小弟，愛在床單與被單之間躲藏，嚷嚷著，要我們兩個哥哥去找他。其實，他肥嘟嘟的腳早就露在床單被單的底下了，但我們仍得陪他玩完這遊戲。

玩了一次，他喊再一次。

玩了兩三次，他喊再一次。

我們哥哥玩出火氣了，他便大哭，老媽沒好氣的，兩手滴水的推開紗門，小弟大聲喊：他們不跟我玩！他們不跟我玩！

後來，那院子也養過狗。養過兔子。養過雞。

後來，有了洗衣機，放在貼近牆面的這一邊，避免日曬雨淋。一啟動開關，震動的幅度足以震動牆面。小弟則愛倚著牆面，說好舒服好舒服。咚咚咚咚，咚咚咚咚，低頻率的洗衣旋轉聲，震動了整個牆面。但，它意味著我們家也有洗衣機了。

多年後，我回家發現，老媽竟然不改手洗衣物的習慣，碰上了她覺得洗衣機洗不乾淨的小件衣物，她還是偏愛把它們放在小盆子裡，慢慢的用雙手搓洗，再以清水洗滌，然後才放進脫水槽裡脫水。

我就是不忍心看她一邊喊手肘不適，還一邊不改她信不過洗衣機的老毛病，才搶著說我去洗衣服，晾衣服吧！

我是誠心誠意的喜歡洗衣服，晾衣服。

我太太常調侃我，最愛做的家事，就是洗衣服、燒開水、買菜，還有偶爾下廚。

我當然還會加一句：還有逗老婆開心，幫女兒按摩。

但我是誠心誠意喜歡洗衣服，晾衣服的。

把洗好的衣物，一件一件掛在衣架上。晾在竹竿上。看它們迎風搖蕩，看它們晚霞中飄搖，一家人的衣物都靜靜的晾在那，告訴世人：這是一家人健在的證明。

這是一個家庭以另外一種形式的宣告：我們，雖是衣物，但我們也很幸福呢！

回不去了。眷村拆了，院子沒了，老媽老了，兄妹散居四處。但我幫老媽晾了衣服。

我幫太太女兒晾了衣服。清風徐徐。衣香輕蕩。歲月悠悠。我們都在。

回不去了。那包裹著麵團的保鮮膜，那包裹著麵團的小冰袋

回不去了。回不去了。女兒邊吃蔥油餅，邊讚超好吃的。我看著她，細瘦的身形，真是該多吃一些。還好，挑食的女兒，愛吃奶奶的蔥油餅、包子饅頭，與水餃。

我遞給女兒一杯溫開水，「吃完後，妳要打電話給奶奶道聲謝謝喔！順便跟奶奶聊聊天。」

老媽在電話那頭，告訴我，要上台北，給醫生看看她的手。

她說以前治好過的老毛病，肌腱炎，好像又復發了。上次，醫生看過診，說可能要

動個小手術吧。這回上來，確認一下，乾脆直接做了，免得又拖上一陣子，浪費時間。

老媽在電話那端，慢條斯理的說著，一如往常。

我正要接話，她卻很快補上一句：你不要擔心，很小的手術啊，我以前做過類似的，沒問題的，你大弟會陪我，不用擔心！

我眼淚差點不爭氣的流出來！

老媽跟老爸個性很不一樣。老爸這些年，稍有病痛，便唉聲嘆氣，讓家人知道他有多難受。老媽則維持她年輕至今的習慣，總是雲淡風輕，不溫不火的，彷彿一切跟她有關的病痛，都像描述別人的病情，即使關切，也終究有一段距離似的。

我很清楚。老爸的誇張，是想博得子女的關注。老媽的淡然，是不想麻煩子女為她操心。但我們做子女的，怎麼可能不關心我們的父母呢？他們即使不說，我們也不可能不聞不問啊！

老媽上回來台北，本來說好了兒孫輩們直接去餐廳聚餐，吃完飯，再一塊踏踏青，散散步，讓老爸走走運動運動。

她惦記著孫女愛吃她做的蔥油餅，悄悄的，在來台北的前一天，做了七八個麵團。調好了味，揉好了麵，甚至連蔥花，都點綴其中，我們拿到後只需放在冰箱冷凍，要吃前，解凍，壓麵，置於鍋內油煎加熱，很快就能吃了。

她事前沒告訴我，怕我嫌她勞神費心吧。

那天我們全家碰面後，吃飯，聊天，散步。

咦，我突然注意到她手上總提著一個塑膠袋，膨膨的，說大不大說小也不小了。份量應該不輕。我狐疑著眼神。

她靦腆的解釋，幫你女兒做了幾張蔥油餅啦。

我起先還是有點不悅。實在犯不著大熱天，提著蔥油餅麵團，跑來跑去的。而且講好了全家來台北聚餐，散心，不就是不要有額外的壓力嗎？

但我接過塑膠袋之後，打開一看，那一點點的不悅，立即消散，取而代之的，是一個父母心的完全理解，完全的接納。而且，我還極可能沒法做到這麼百分百。

我老媽揉了七八個麵團，每一粒都用保鮮膜包起來，每一粒包起來的麵團，三四個一組，四五個一組，每組再用一個大一些的塑膠袋包起來，裡面放了冰塊。而冰塊也是用小塑膠袋包起來，以確保冰塊融解後，不至於水分滲進麵團裡，或流瀉出來。剛開始，或許不重吧。但冰塊融化，重量便一點，一點的沉起來！

我注視著袋子裡的麵團，一下子說不出話來！我的心，跟著手上塑膠袋的重量，一下子沉甸甸的。

我能不悅嗎？我沒有立場不悅。

這是我女兒的奶奶，做給她孫女吃的蔥油餅。

我能不悅嗎？我沒有資格不悅。我老媽就是怕我不高興，嫌她會太操勞，所以才一直不事前告訴我，到了台北，吃飯，散步時，提著它，猶閃閃躲躲，怕我發現。

我能不悅嗎？我沒有再說不悅的一點點餘地。因為，我老媽安排好的每一道細節，都證明了她心思何其細膩！她用心何其良苦！我若再多說哪怕一個字，一個詞，都可能傷了她的心！

我一瞬間，猶豫著，很短的一瞬間。我太太瞄我一眼，我懂，我趕緊接下袋子，嘴上雖難免還是嘀咕了兩句：都出來玩嘛，幹嘛搞得自己這麼累呢！謝謝老媽嘍！

我老媽自顧自喃喃著，「你女兒愛吃啊！我孫女愛吃啊！」

是啊，我女兒是愛吃我老媽的蔥油餅、包子與饅頭，還有餃子。就跟我們兄妹，自小愛吃老媽的這些手藝一樣。

但我老媽身體真是大不如從前了。或許，也正是因為她以前過度的操勞，才導致如今她的健康大不如從前了吧。

老媽細細的說著，關於她的手，關於她的肌腱炎。在電話那頭。

而我，聽著，聽著，腦海裡卻浮上了，她以前在廚房揉麵，在油煙下炒菜，在工廠上班，在院子洗衣，在市場買菜，種種因為有了她，而後我們家能在困窘的條件下，活出一個像樣的，起碼的，家庭生活！

這都靠了她的一雙巧手，一顆剛硬頑強的心靈意志。

就像她明明知道自己手痛，明明知道我們這幾個孩子不要她再這麼辛苦，她卻還硬撐著，替孫女做了蔥油餅！我又浮起她站在桌板前，彎腰揉麵的畫面，可是她已經不是當年三四十歲的婦女了，而是有三個孫子孫女的七十五六歲的老人家了！

那包著麵團的保鮮膜，那裹著麵團的小冰袋，那緊握於她手心在炎炎日頭下顯出沉甸感的塑膠袋，都是最溫暖的愛。經由我，經由我們兄妹，又再一次，傳到了我女兒身上。她的孫兒輩身上。

那晚，我女兒津津有味的吃下盤裡最後一小塊蔥油餅。問我還有嗎？還有好幾塊呢，我回答她，明天再煎一塊給妳吃吧。不要，等後天好了，這樣可以吃久一點。女兒盤算著。我捏捏她的臉頰，要她擦擦嘴，想一想，待會怎樣跟奶奶道聲謝謝。

回不去了。回不去了。我如今吃著每一道老媽的手藝，我都提醒自己，這必是我這中年兒子，人生最窩心的甜美。何況，我女兒，她的孫女，也是這樣歡喜啊！

回不去了。我無法在燈紅酒綠中找幸福找平靜的心

回不去了。回不去了。我望著他，我不認識的他，卻彷彿應該熟悉的某一段記憶深處的影子，痴痴的想了一會，直到，女兒從身後催促，「爸比綠燈了啦！」我才回過神，放鬆煞車，踩了油門，在車陣中繼續往前。

一如往常，大清早，我送女兒上學。這條路，在剛剛經過的路口，有一家當地的大醫院，旁邊是捷運站，平日就壅塞。而前面的路口，是轉進市區的大幹道，十字路口可直行可左右轉，紅綠燈號誌變化多，塞車是常態。走這段路，女兒跟我都清楚，車速很慢，

快慢車爭道。

就在等一個綠燈的當口。我聽著後座女兒從手機裡下載的日本流行音樂，百無聊賴的，握著方向盤，我手指跟著輕輕彈跳著。有一搭沒一搭的。

這時，他出現了。清癯的身形，過長的頭髮，原本應該是有型有款的，卻由於過了預定的修剪期吧，而顯得凌亂。不過，這凌亂的頭髮，是搭配上他略顯疲憊的臉容，黑框眼鏡，鬍碴未刮，一件質地不錯的淡色休閒外套，襯衫，一條緊身的燈絨褲，一雙休閒鞋，手提皮質的公事包，匆匆從我左邊的路口出現。他停頓一下，看看紅綠燈，似乎不太確定這綠燈他來不來得及穿越。但遲疑的時間很短，他匆匆穿過了。

就是這麼匆匆的一瞬，我看著他從我左前方，穿過我正前方，走到我右前方，穿過騎樓消失了。

我看著看著，沒注意他最後幾步是小快步。這時我身後的車子按了一下喇叭，坐後座的女兒提醒我爸比綠燈亮了。我放鬆煞車，輕踩油門，隨車陣往前移動。

每天在街頭上開車，或在街頭上徒步，或在公車，在捷運裡通勤，我們總能看到很多很多的陌生人吧。來來去去，擦肩而過，我們頂多注意一下帥哥出沒，美女現身，或一些滿無聊的人所做的滿無聊的舉動。但也只是注意一下，便過去了，沒有機會認識，沒有緣分交往的陌生人，與我們何干呢？我們繼續低頭滑手機，繼續低頭看書，繼續低頭打盹，繼續側過臉望向車窗外流逝的街影。這就是人生！我們自己的，平淡的，幾乎不斷重複的人生裡的一大段日子！

車繼續往前開。我為什麼會在剛剛那一段紅綠燈前，注意到那個三十來歲的，像是從事廣告文案、商業設計之類工作的一位行經我面前的陌生男子呢？

我自己想到這點，也沒來由的輕笑起來，無聊啊！

但也未必那般無聊，只是塞車狀態下的自我解悶而已！

而是，我突然在他走過之前，行經當中，走過之後，聯想到了我自己的，一段關於三十六七歲的不上不下的荒蕪歲月。

我記得很清楚，起初我是三十六歲了。

那年諸事不順，朋友說我犯太歲。

剛失去一段久戀。我每天照樣上下班，每週去學校兼課，去我的博士班上課。表面上看起來，我似乎慢慢恢復原樣了。如野火燒過後的廢墟，再度綠蔭盎然，植被覆蓋，我心已然繼續跳動。

但我不再刮鬍子了。任由鬍碴在嘴邊橫生，在下巴蔓延。我又穿起吊帶，搭配襯衫，穿起休閒褲，揹著軟質皮包，在下班後的街頭晃蕩。

也常常去小酒吧裡，閒坐，喝啤酒，喝調酒，喝得最多的是 Long Island Iced Tea。我一邊喝，一邊輕輕搖動著攪拌棒，心跟著晃。夜，才剛開始，怕什麼，反正我一個人，自己晃，自己喝，醉了就回去倒頭睡，明天自有明天的開始。

我喝完一杯。眼神迷濛。

Bartender 走過來，他應該是小酒吧界最資深的 bartender 吧，紮馬尾，久經世事的眼神溫柔，他一定看多了像我這樣，三十多歲了，沒什麼可驕傲的成就，沒什麼可炫耀的銀行存摺，而青春，青春也要走到盡頭了的三十六七的單身男子。除了，喝點小酒，什麼也不敢做！

他再調了一杯。我一口氣，喝完。頭暈目眩了。我起身，搖搖晃晃到盥洗室。想吐，但吐不出來。冷水沖把臉，出來，再喝。

我點了第三杯長島冰茶。他看看我，輕輕搖頭，說明天再喝吧！

噢不，我伸出右手食指，搖搖，噢不，再一杯。

他笑一笑，再調了一杯。

第三杯，快喝完前，吐了。一個人在盥洗室大吐特吐。胃翻出來了。心也翻出來了。從此我知道，長島冰茶我頂多三杯不到的量。

但我那時候，並未消沉我的工作。我同時間仍可一人當三人用，同時做好幾件事。只是，日子荒涼，孤單像蔓藤一般爬滿心頭而已。

我應該也是那樣吧，一個皮包，或提，或揹。一件外套，一件襯衫，一條休閒褲，一雙輕便鞋，走在台北街頭，晃來晃去，想晃掉我僅剩的青春的末期。

有一次，在酒吧裡認識的幾個人，帶我去跑趴。一家地下舞廳，煙霧瀰漫，輕歌曼舞，我已經喝了一點調酒，醉眼迷濛，眼裡都是美女帥哥。邀約的朋友幫我這裡介紹一下，那裡引導一下，最後讓我在一群男女中就定位。

我跟左邊的年輕男子聊幾句，右邊的漂亮女生聊幾句。起身跳跳舞。回座，再喝酒。再聊天。我一連換了好幾次舞伴，有些還真是很迷人哪！

但又怎樣呢？

我心總有些淡淡的距離。

這樣的距離感，我也不是刻意營造的。

我就算人在其中，在酒精的催化下，在倩影的迷離裡，仍舊心底有一股淡淡的抗拒，這，會是我要的生活嗎？

還有一次，生意場上得意的學長，知道我失意、無聊，拉我去一家Piano Bar，當時還流行喝白蘭地，倒一杯加冰塊，稀釋甜味。喝著喝著，學長拉我上去小舞台唱歌，唱一次，他丟一千元在伴奏樂師鋼琴上的玻璃缸裡。他喝醉了，要我一個人唱，走下去前，他又丟了幾張千元在缸裡，要樂師幫我彈奏幾曲。他醉了。

那夜，我們待到很晚。

當樂師奏出蔡琴唱的〈最後一夜〉時，學長拉著一位美女，相擁跳起舞來。樂聲曼曼，人影慢慢，男人無助，女人無奈，一夜的孤獨，一夜的沉吟，一夜的消逝，我就在那一瞬間，突然感覺到我是無論如何不能適應這樣的方式去過生活的！

我總能看到蒼涼在繁華的深處。

我總能觸及孤獨在喧譁的極致。

我總能感覺無依在人際的虛矯。

我總能聽到涓滴細流在華麗的表象裡，而漫漶，而消逝。

我知道我雖孤獨，但我不會以孤獨為由消耗自己的渴望。我應該還是能愛，能期待，能等待的。

我知道我為什麼會注意到那穿越街口的，等紅綠燈的，一位三十來歲的，陌生的提著軟質皮包的，匆匆趕赴職場的男子了。

我彷彿看到了自己的昔日。匆匆的，努力為未來而努力的三十六七的自己。很好，我再努力幾年，碰到我太太。再努力幾年，碰到我女兒。再努力幾年，我每天送她上學。

我還會再努力很多年，陪她戀愛，陪她迎接挫折，迎接喜樂，迎接她的未來。

回不去了。回不去了。還好，我當年就知道我無法在燈紅酒綠中，找幸福找平靜的心。

回不去了。那一張張帳單堆疊的愛

回不去了。回不去了。四個小孩的食衣住行，教育開銷，日常花費。老爸每天清晨一杯紅牛奶粉加一粒雞蛋，這是他唯一的奢侈。老媽幾件衣服長年重複的穿，可是未婚時，她是多愛漂亮的客家細妹啊。

入不敷出的他們，只能相信，節省、勤儉，是我們家要走下去，唯一的出路。

我從銀行出來，轉往旁邊一家便利商店。剛剛在銀行提了一筆錢，繳了幾筆帳單，剩下的現金，再到便利商店，把其餘的單子，一舉做個了結！

繳完單，店員說還可以找八十元。我說，那給我一杯大份的熱拿鐵吧。我再挑了一份零嘴，剛好花完全部提領的現金。

坐在便利商店裡，我邊喝咖啡，邊整理帳單。

一共八份。一張電費的。一張水費的。一張瓦斯的。兩張室內電話的。一張手機的。兩張信用卡的。我啜飲一口拿鐵，吐了一口氣。我望著落地窗玻璃外，等公車的幾位乘客，散散落落。下午時間，百無聊賴的，不像在趕時間，都是不用上班的人吧。反而我身旁，兩位揹著小背包的男子，啜飲著咖啡，啃著麵包，邊用筆在勾勒一張張報表之類的單子，看似坐著也一副不得閒的趕時間神情。

都是常去的銀行了，我剛剛跟熟識的櫃檯經辦行員開玩笑，「欸，聰明的妳，可以幫我解惑嗎？為什麼錢總是越用越少啊？」

她回答得有智慧。「蔡先生，我若知道答案，幹嘛在這兒，當過路財神啊！是不是啊！」說完，她手腳俐落的，連蓋幾個章。

是啊，答案在茫茫的日光下。

接連兩部公車停下，駛離。沒人在等公車了。

我清一清帳單，差不多了，這個月該繳的，該付出的，都差不多了。可以喘口氣了。我喝著熱熱的拿鐵。用大拇指、食指的指頭，輕輕捏捏揉揉我鼻梁兩側的眼窩。天熱，頭微微發脹。休息一下吧。我跟自己說。順便搖搖頸脖，全身滿僵硬的。

兩位約莫三十來歲的不動產銷售員，走進便利商店。他們身上穿著某家連鎖店的背心，所以很好認。他們職業性的向我打了招呼，放了一張房屋租售的單子，然後客氣的道聲謝謝，再走到櫃檯邊。

他們買了咖啡，步出店外。我注意到了，他們還提著一塊立牌，剛剛進店前，擱在大門旁，現在他們扶起它，站立在公車站牌旁，立牌上貼著附近要賣的幾棟房子的照片與大概的價格。他們站在外頭，一邊喝咖啡，一邊相互交談，下午時刻，日頭昏昏，我懷疑這樣站著有什麼宣傳的效果。不過，站著尤其兩人一塊站，還啜飲著咖啡，至少也可喘口氣吧！在這悶悶的午後。

我下意識的，翻翻手中的一疊帳單。

當了爸爸後，我每每在繳交帳單的時候，會特別感念我的爸媽。

那是怎樣的一種壓力啊！一天一天的，一月一月的，一年一年的。雖然明知等孩子長大了，情況會慢慢的改善。但生活又不是在演電視劇，鏡頭晃一晃，水流、花開、日升、月落，蒙太奇的效果，然後小孩再出現於鏡頭前時，就成了青年、成了事業有成的青年！在真實生活裡，要熬到孩子長大，要熬等多久啊！

我自小都在公立學校唸書，學費比較不是問題。但四個孩子接連出生，生活，唸書，日常開銷，一關接一關。老媽原先在家裡接些按件計酬的工作，貼補家用，同時兼顧小孩子的日常照顧。後來實在沒辦法了，便在我跟大弟唸小學後，去附近工廠上班。

窘迫生智慧。爸媽幾乎可以操勞所有的家務。老爸爬上爬下，修屋頂，修漏水，修傢俱，修電器。老媽靈巧的學會所有可以幫我們孩子解饞的手藝，夏天的甜品，冬日的甜湯。

但這一切，仍不足以填補入不敷出的漏洞。

每次到了繳學費，繳帳單的時節，家中氣氛總是沉悶悶的。爸媽有時低聲交談，有時高聲爭吵，有時沉默冷戰，有時唉聲嘆氣。我們兩個做哥哥的，了解怎麼回事，多半安安靜靜。小弟弟尚不解人間愁苦，只會嚷著陪他玩陪他玩。

有時老爸火了，會突然吼一聲：你們做哥哥的在幹嘛！幹嘛不陪弟弟！

老媽這時會紅著眼睛，走過來，要我跟大弟，帶著小弟到院子，或到巷子裡走走。

我們三兄弟，站在巷子裡，耳邊傳來鄰居家電視機裡的音樂聲。我們站在那，滿久了，小弟牽著我，問我什麼時候可以回家，他要尿尿。

我抬頭望著天空。星星一閃一閃。那是我有印象的，第一次覺得「家」真的好累人啊！再苦的日子，總是可以熬過的。老媽很多年後，喝著我買給她的茶葉，啜飲著，還吐出兩三片葉渣。

熬是一定可以熬過的。我也相信。不然，我們家四個小孩，是怎樣長大的呢？

我望著女兒，在公園裡跑跳著。她的確幸運多了。我跟她媽咪，盡心盡力的在照顧她。

「家」很累嗎？當然。一張張的帳單，一份份的責任，一日日的關懷，一夜夜的揪心。

我們若不真心去愛，就不會想全力以赴的付出！

沒有全力以赴的付出，我們又如何知曉「家的意義」呢？

我收拾好繳費的收據，喝完最後一口熱拿鐵。該去工作了。

我太太曾問：不嫌麻煩啊，為什麼不辦個直接轉帳繳費，省事多了！

我當然知道，那樣可以省事。

但我真的很想每個月經歷一次，看著錢從帳戶提出來，一疊，再分別於幾份帳單上，消逝得無影無蹤！

錢為什麼越用越少呢？

我想起爸媽的疲憊。我想起爸媽為家中開銷發愁的嘆息。他們真是辛苦了。熬了那麼久。熬了那麼久。錢當然越用越少，因為我爸媽的四個小孩，一天天，一年年的，長大成人了。那些堆疊的帳單，也許超過我們的身高了。

回不去了。回不去了。我爸媽為孩子犧牲的青春，全都回不去了。

回不去了。我會告訴女兒，她的外婆有多愛她

回不去了。回不去了。每當我跟女兒被朋友驚呼，「哇喔，你女兒真是像你啊！」或「你們真是素描畫復刻版啊，一個男版一個女版！」時，我有時聯想到的，竟不是我的爸媽！而是，與我並無血緣關係的丈母娘！

奇怪嗎？其實並不！

我是滿像我老爸的。從小，看過我們三兄弟的長輩，都會說：「詩萍你最像爸爸！」是吧，我們的眉宇，我們的眼睛，我們的鼻梁，還有，鼻子下連結嘴唇的人中，簡

直是直接複製的。

甚至，連某些個性，都像到不行！

如果，我女兒像我，那麼她理當也像她爺爺。

的確，我女兒跟她爺爺，在神情上，承續了不少相似性。她的抿嘴不語。她的眉頭深鎖。她的模仿爺爺。在在提醒我，家族血緣的延續，效果真是驚人啊！

但為什麼，我總會想到我丈母娘呢？關於我女兒像我的那些點點滴滴，何以跟丈母娘始終牽連成一體呢？

不完全是因為我娶了丈母娘的女兒，也不完全是因為我女兒在外貌，在性情上，有她媽咪的許多影子。這些都是事實，卻不是我聯想到丈母娘的原因。沒那麼直接，卻遠為深刻。

沒那麼直接，卻遠為深刻。因為，這是做女婿的我，與丈母娘之間，超乎血緣紐帶的一個連結。她女兒，我太太，都未必能體會的一段感情。何況，那樣的連帶，是在我丈母娘尚未失智之前。之後，再也不會重現了！

「聽說」我丈母娘對她女兒認識我，而且要認真交往下去這件事，起初是很有意見的。

我大她女兒快十七歲，而她的年齡亦不過多我十二歲！

她應該從未想過會發生這種事吧！

何況，我認識她女兒時，單身了這麼久。於是，她最直接的反應，是問她女兒：

他，離過婚嗎？

沒有。她女兒堅定地搖頭。

那他，不會是 gay 吧？

應該不是吧！她女兒並不堅定的搖頭。

那他會不會很花？

還好啦！她女兒無可奈何的聳聳肩。

但還好，她畢竟是愛她女兒的老媽，女兒都決定撩落去了，她還有什麼好反對的呢！

於是，她先是有所保留的接納我。接著，她在審慎的接觸中觀察我。再來，她逐漸發現我的優點，一個年齡雖不小，心態卻「很幼稚的」，喜歡逗她開心的，存心追她女兒的中年男子。

於是，她也改變了她的修辭：

其實，男人年齡大一點也不錯啊！你看他會對我女兒好一些！

年齡大的爸爸，會疼孩子的！

就這樣，我丈母娘也投下一票，選了我當她的女婿。

我們有了女兒後，我丈母娘常常來探望她的孫女。

她愛拍照，她愛錄影。拍完錄完後，回家她便在電腦前，剪接影片，燒錄光碟，下一次來我們家時，會給我們一份，然後繼續再拍再錄。

那是一位外婆對孫女最誠摯的愛。她當時已經常常喊腰痛了，但每每一講到她孫女，便眉飛色舞，興致高昂。

就是她，在送來照片檔，送來影音光碟的時候，常常對我說，泠泠太像你了，泠泠太像你了。你們簡直一個模子刻出來的。

然後我們會一塊看光碟，看照片，她不時會突然大笑，你看你看你們父女多像！她的眼睛，她的鼻梁，她的嘴唇，她的下巴，都像你，太像了太像了！

孫女的出現，給了她極大的寬慰。讓她的退休生活，讓她的因為女兒雙雙出嫁、老公人在上海的孤單生活，霎時浮現了可以專注的主題：她升格為外婆了。

一個挑染頭髮，時髦活潑的，愛唱卡拉OK，擁有兩個小孫女的外婆了！

女人可以有多辛苦，多任勞任怨呢？

我在老媽與丈母娘身上，看到了兩種典型。

我媽沒受什麼教育，可是開朗樂觀，為了家庭什麼苦都能吃。幫助我老爸撐起四個小孩的家。

我丈母娘是國中老師，時髦活潑，可是同樣為了家庭，支持我岳父長年在海外。一人打理兩個女兒的成長。

當我女兒還在襁褓中時，她就很斬釘截鐵的說，我孫女像你，不要懷疑！真的，你看，她完全就是你的模子。丈母娘抱起孫女，把我們父女兩張臉湊在一起，她品頭論足。頻頻點頭。

我始終記得丈母娘講這些話的表情。那時，她健康，健談，勤於走動，不時抱怨腰痛而已。

但也就在女兒慢慢長大。從牙牙學語，到搖晃學步，到進幼稚園以後，我丈母娘的狀況漸漸出來。她越來越少出門，我們去看她，她也逐漸意態闌珊起來。最終我們驚訝的發現，她病了。陷入早發性失智的泥淖，越陷越深。

我們努力的在一旁吶喊，拔河一般的想把她拉回到以前的，可以為孫女拍照錄影的，那個外婆。

但，她的眼神卻越來越遠離我們了。

她，日漸沉默的她，去了哪裡呢？

假日我們陪她吃飯、散步，甚至唱歌。她都像個安靜的婦人，安靜的吃著，走著。唯有唱歌時，她還能唱出一些歌曲的大半。不過若仔細去聽，很明顯，她靠的是一種我並不了解為什麼的「本能」，因為歌詞她或許記住一些，曲調卻往往跟不上了。

但她唱起老歌，可真是好聽。

只是，唱著唱著，她的心思到底去了哪裡呢？

有一回，我太太突然跟我說，她好想念「以前的媽媽」，那個可以跟她說話，對她訴苦的媽媽，而且還不時母女互虧、互槓的媽媽。而不是現在這個，隨時都安安靜靜的媽媽。

我太太那一夜不時的哭，我在一旁拍拍她，我說我也很想念我丈母娘，那個說我女兒像極了我的丈母娘。

隔天，我太太腫著一雙沒睡好的眼睛，照舊去探望安靜的丈母娘。繼續陪她吃飯，散步，幫她整理儀容。

我的丈母娘不會回來了！

但我們會繼續陪她。

在黃昏的公園裡，她女兒，她長得像女婿的孫女，一左一右，牽著她散步。我拍下一張張照片，以後要告訴她孫女，她的外婆有多愛她！

雖然一切都回不去了。

回不去了。那時她外婆多健康啊

回不去了。回不去了。我母親老人斑的雙手。我老爸不穩定的情緒。我岳母閉鎖的記憶。我朋友退出的人世。我外公百歲的冥誕。我外婆沉默的辭世。我少年溺斃的同學。我青春再見的初戀。我似懂不懂的摸索。我該抓牢而未抓牢的機會。我站在中年回望人生的過往。都回不去了。

女兒一早在生我氣。她媽咪說的。

怎麼了？我邊找女兒的長襪，邊回應她。

「你昨晚不是答應她，要過來陪她睡嗎？」
「啊，我以為她很快睡著了。而且我在看一部電影。」
「她等了很久，一直說爸爸會過來陪我睡。我罵了她幾句，她才睡的。你喔，答應她還不過來。」

但女兒看起來還好。週一早晨總是難叫醒，拖起她，再躺下。再拖起，又躺下。反正這遊戲在上學日總要玩上幾回。她肯玩，應該是忘了昨晚的事了。

昨晚，她上床後，我悄悄到客廳，起先隨意看看電影頻道。後來她突然走過來，說睡不著。我問做夢嗎？沒有。她依偎著我。肚子餓？爸爸幫妳烤片吐司？不要，還要再刷牙。她趴在我大腿上，我捏捏她的背，按按她的肩膀。過一會，她說你要來陪我睡喔。我說好啊。她搖搖晃晃回去了。

我一時興起，拿出一疊她小時候的光碟片。隨意挑一張。竟是她一個多月時，躺在坐月子中心，靜靜睡覺的紀錄。

真是靜靜的在睡覺啊。偶爾睜開眼。偶爾扭動一下身軀。偶爾鼻頭皺一皺。偶爾全身輕輕顫動，似乎被夢驚動。但多半是在沉睡。

鏡頭下的女兒，睡得很安靜。畫面中，聲音都是鏡頭之外的。聽到一些我跟媽咪的談話，讚美自己女兒的聲音，新手爸媽免不了的驕傲與自得。其中穿插一次護士走進來，查看女兒的尿布，教導我們待會該怎樣替她擦拭小屁股的聲音。其他時間裡，多半是女兒熟睡下，一室的閒散與幸福。

但觸動我的，讓我終究沒去陪女兒睡覺的，是這支光碟片的拍攝者，而且在鏡頭外出現最多的聲音，我的丈母娘。

她老師般的磁性嗓音，溫柔的，旁白著鏡頭下的點點滴滴。她真是有耐心的外婆啊。三十幾分鐘的畫面，她點滴記錄著。不時穿插如下句子：你看小泠泠睡覺的樣子多可愛啊，一個小天使在睡覺了。你看她在打呼喔。你看她睜開眼睛嘍，看到外婆了，看到爸爸媽媽了。你看護士阿姨進來嘍。我的小外孫女多美麗啊。你看你看她連睡覺都很美麗啊！

三十幾分鐘鏡頭毫無冷場。畫面流暢的走著。沒有剪接。沒有戲劇化情節。一如我們日常的生活。一分一秒的流動著。前後持續著。

我女兒約莫三四歲之前的「生活起居注」，許多光碟片都是我丈母娘拍的。她退休後，生活的一部分重心，就是探望她外孫女。毫無疑問，我女兒的出生，填補了她的孤寂。只是那時我們夫妻未必這麼了解，我們女兒對她的重要性。

我們歡迎她隨時來。她只要來，一定帶著小錄影機，一直拍攝一直旁白。回去後，在她電腦上剪輯、翻錄，再轉成光碟片給我們一份。就這樣，一張，兩張，五張，七張，十幾張，二十幾張的，幾乎成了我女兒的出生、嬰兒、牙牙學語、蹣跚學步、進入幼稚園的全紀錄。

我每每播放這些光碟片時，會想到我丈母娘開朗的笑容，以及抱怨腰疼，去看診按摩的趣事。一切都無法再來一遍了。光碟片在我女兒四五歲後突然中斷，空白出我丈母娘自己的人生紀錄，因為她漸漸不來我們家了，剛開始是說她腰痛，後來，她連自家附近也少出去逛了。終於我們起疑，帶她去醫院。她不僅失去來我們家探望孫女的興致，連她自己回家的路，過往的生活，也漸漸遺忘了。

她失智後，有一回我們帶她來家裡坐坐。她眼神空泛，似乎無所記憶於這個她曾經很熟的環境。我播放了一片光碟。女兒一歲多時，學步的可愛模樣。對著鏡頭，女兒咿呀咿呀的，會吐出一些詞彙了。鏡頭外的聲音，丈母娘的，一直在喊：叫外婆啊，叫外婆啊！

看著看著，我跟她說這是您拍的啊，記不記得？您看拍得多好。靜默的她，突然眼眶泛紅，冒出一句：「我現在不會拍了。」過一會，又重複了一次「我現在不會拍了！」我清楚記得，她說了兩次。我興奮的鼓勵她，要不要再試試？她沉默了。不再回我。就那麼一回。她似乎跟我搭上線。但很快的，斷線了。以後再沒發生過。

我是耿耿於懷的。

我不解的是，當她說「我現在」不會拍了，她是不是知道現在與以前的區別呢？她若知道「拍攝」這字的意思，不就表示她可以拍或不拍嗎？我疑惑著，只是她不再回應我了。

我沒有去陪女兒睡覺，是怕她會發現我看了光碟後，陷入空白的茫茫然。還好，隔天早晨我替她烤了兩塊巧克力麵包，香氣撲鼻，她喜歡得很，昨晚的事也就忘了。

但我忘不了。我們走過的漫漫人生裡，最難忘的，必然是他人對我們的付出。沒有這些付出，我們拼湊不出生命有何意義的答案。我丈母娘日漸遲滯的眼神裡，曾經有過她對孫女的付出。這是我們家最好的記憶。何況她拍下的光碟，都將於日後，她孫女的二十生日，大學畢業，訂婚結婚裡，成為生命初長成的完美紀實。我們回不去，但我們會記得。

女兒進校門前，回頭看我一眼，幽幽的說你昨晚沒來陪我。我捏捏她的小手，遞給她便當盒，輕輕的說：爸爸會陪妳啊，妳忘了妳說要我陪妳陪到結婚啊！

等她結婚時，典禮上播放的新娘小時候畫面，她必記得是她外婆幫她記錄下的。當時她外婆多健康，多愛她啊！雖然都回不去了。

回不去了。沒有幾個人在意有些人的消逝

回不去了。回不去了。我爸那個世代，有些人相信回得去，最終落到孤寂以終。有些人熬到很久以後，雞皮鶴髮，才終於回去。有些人一直等到老了，累了，才想到要在這裡落地生根，卻往往失落得更重！

唸研究所以後，我一邊工作一邊啃書，回家的頻率沒有以前多了。

老媽總是幽幽的叨唸，小孩都去台北了，家裡很空蕩。沒錯，連我小妹都上台北了，爸媽最後一個把屎把尿的孩子，也一溜煙離家老遠。難怪一向忙碌慣了的爸媽，閒得發

慌。

老家的風景，也在那些年變了樣。

街上的店家，出現咖啡館、連鎖電器專賣店、超級市場。車子多了，路旁停滿了車，街道感覺壅塞。

不少家庭在外地買了房，眷村的老屋，或是空著，或是租給學生，租給從山上下來討生活的原住民。

我們家還在村裡。老媽打電話給我，常聊起老鄰居的動向，誰又搬走了，誰的房子搬進了誰，村子外邊哪裡起了大樓，誰在大樓買了新房準備娶媳婦了。誰家的女兒嫁到哪裡去了。我滿驚訝，她對幾個村子裡的關係網絡，如數家珍。

我靜靜的聽。聽她說話，是彌補無法回家陪陪她的補償，何況，還真聽到不少眷村裡那些年的流變。

老媽有一次提到了，村口外，隔條馬路的，開雜貨店的老沈。

我心頭一晃，哇，沈伯伯，我自有記憶以來，那間雜貨店就在了。老爸買菸，買酒。老媽買蛋，買雜貨。我夏天買冰棒，冬天買炒花生。我們兄弟與鄰居小孩，去玩戳戳樂、買紙牌的雜貨店。我一輩子對雜貨店的永恆記憶。

爸媽都稱呼他老沈。個頭不高，笑咪咪的，戴一副眼鏡，背微駝，夏天一件汗衫，冬天也不過一件毛衣。聽說是東北人，不怕冷。

聽說他能開一家雜貨店，是因為逃難離開東北的時候，他姥姥為他繫了一條黃金腰帶。但，誰知道呢！也沒人可以證實這說法。

我小時候冬天去買東西，偶爾碰上感冒流鼻涕，就會聽他講這樣天氣就受不了傷風啦，要是在我們東北，這時候天寒地凍，你鼻涕一流出來要不快點擰掉，馬上，馬上喔，就凍成一條冰棍！

我覺得很噁心。因為我小時候最愛吃冰棒了。很便宜的那種，清冰，最早一支一毛錢。除了甜味，也不知我當時到底喜歡個什麼勁！

爸媽他們以「老沈」叫他，還有個原因，因為「老沈很省」！衣服長年就那麼兩三套換著穿。店內的擺設，亦極盡能省則省之能事。空間很窄，雜貨很多。那年代似乎對東西的賞味期亦不講究，我至今都在想，有些東西到底過期與否，恐怕連他都搞不清楚吧。

電話那頭。老媽說那個老沈啊，他結婚了，娶了個寡婦，還生了小孩喔！

這倒新鮮！沈伯伯比我爸還大上十幾歲。開雜貨店生意很好，以前就有村裡與他熟識的人，要牽線當媒人，他死都不肯，總說一個人好，哪天要走了省得拖累。

但我媽說，其實他一直想等哪天可以回大陸老家了他就回去。所以他很省啊，聽說錢都存了好幾百萬啊！

我笑我媽，「這妳也知道，太厲害了吧。」

老媽嘿嘿的笑。說是銀行郵局的人說的啦。（你看我媽是不是很厲害，那小城裡應該沒有她不知道的祕密吧！）

他們說他很省，確實。

我常在傍晚經過店門前看他吃晚飯。一張板凳，一杯茶水，一大碗麵，麵的內容不清楚。我似乎從沒看過其他的配菜了。他應該是存錢想回去吧！

但他應該也不算小氣。

小學時，我整天毛毛躁躁。有一天傍晚，老媽要我去買斤雞蛋。蕃茄炒蛋，是我們晚餐常客，便宜又營養。我買了蛋，一路蹦蹦跳跳，走著走著，在路上摔了一跤，蛋全破了。

我回到雜貨店，哭喪的跟老沈說蛋破了。然後給他看一袋的碎蛋殼花。老沈也沒說什麼，再秤了一斤雞蛋給我，只拋出一句：不要再打破了。這事成了我跟他的祕密。當然以後我也沒再打破雞蛋了。

這麼省吃儉用的老沈，這麼一心回去老家的老沈，守了那麼多年的孤單，竟然結婚、生子了！太神奇了。我想去看看。

隔了幾週後，我回家前，特意先去雜貨店看看。

店變整齊了，老沈在店前面，抱著他兒子，店裡櫃檯坐了一位婦人，白皙白皙的，挽了個髮髻，眼角吊起來。老沈還染了髮。那天老沈挺開心，跟那婦人介紹我，還加了句：他是我們這一帶唯一的台大生啊！

又隔了好些年，我們家搬出了眷村，眷舍要改建了，但還不知何時動工。我回家也不太經過村子了。就有那麼一次，我開車刻意繞過去，竟發現雜貨店沒了！已經改成一家賣廉價五金貨品的賣場，店面擴及到原來雜貨店的隔壁。怎麼看也不像是老沈在經營。

回家後，老媽跟我講了關於老沈的完結篇。

老沈娶了那寡婦後，生意照做，但漸漸不管事，成天把兒子當孫子疼。很是快樂了一陣子。

可是不到兩三年，店倒了。寡婦帶著兒子跑了。店被查封，被拍賣了。

「那老沈呢？」我問。

「欸！」老媽嘆口氣。「中風了，半身不遂。被送到療養院了。送去時，話都不會說了。聽說村裡有人去看他，一提到兒子，他就乾嚎起來，很可憐啊。」

再後來，老沈就不省人事，躺了一兩年走了。

再後來，那附近的景觀徹底改變了。一棟棟住商建築沿街築起。再沒人知道那裡曾經有一家雜貨店了。

回不去了。老沈若沒結婚的話，再多撐幾年，開放探親，也許就回去了。回去不一定好，但可能不至於家破人亡。

回不去了。走了的老沈，算算也有七十幾了。七十幾不算太短的人生，他到底快不快樂呢？

有些人，就這樣消逝於塵世，沒有幾個人在意！沒有幾個人在意！

回不去了。有些人是你生命中的一筆淡墨

回不去了。回不去了。我們生命裡有些經歷，有些擦肩而過的人，往往是大時代的見證，可惜我們當時未必理解。但沒關係，他們在你生命裡的痕跡，雖是一筆淡墨，卻幽幽杳杳，餘韻悠遠。

黃昏了。校園裡的大樹，知了鳴叫，天氣太熱，傍晚仍讓我們在操場上奔跑的孩子，滿頭大汗。校園裡，樹多吧，建物遮擋吧，斜陽的餘暉，灑在黃土操場上，似乎比外面街上更接近夜晚了。

我要升六年級了。再一年就可直升國中第三屆了。但老媽擔心國中的品質，要我試試縣內的私立初中。五年級一結束，暑假就在學校一位數學老師家補數學。

老師就住學校旁。我們幾個同學，約好吃過飯，先到校園裡玩耍，再一起去老師家。

泛著幽光的幽靜校園，只聽見我們相互追逐的笑聲。那年頭，不管小學、國中、高中，好像校園都是開放空間，至少，我的故鄉，是給我這樣的記憶。

調皮的同學，會跑到恰北北的女生座位上，用小刀片，在椅背上刻下某某某愛妳。然後哈哈哈的跑出去。

長長的走廊，彈回一陣陣的笑聲腳踏聲。

放了學的，傍晚的校園，那樣幽窈。那樣深邃。

數學老師家不大。日式老房子。我們脫下鞋，坐在榻榻米上，約莫十人上下吧。周邊的窗，都打開了。室內一座吊扇，呼呼作響。近老師的講課位置，還放了座立扇，緩慢的，嘎嘎作響的，從右邊轉到左邊，從左邊轉到右邊。偶爾，會卡一下，再繼續轉。風其實並不涼。

有的學生搧著扇子，我搧著一本薄薄的練習本，老師額頭是汗。臉頰是汗。襯衫的兩側腋下，濕漉漉的一大片。熱啊，那年夏天的暑假。知了不停的叫。老媽說，知了這麼個叫法，這夏天一定很熱很熱。

老師講課很認真。一道題一道題的解。解完了，還一再的問，有誰不懂，真的都懂了嗎？

每次問完，他都會停一下，看看大家。似乎在等我們有人舉手。但多半是安靜的。吊扇呼呼的旋轉。立扇從右到左，從左到右。溫度還是很高。

老師的臉，在燈光下，有一條一條刻痕，神色溫柔，他端起師母送上的熱茶，輕輕啜幾口，放回端盤時，還輕輕的說了聲阿里呀兜。我聽得懂，那時日本電影還沒有被禁，我二舅還在世，他最愛帶我去中壢看電影，尤其是日本電影。武士鬥陣，魔神再現，港都別離，黑道火拼，我看了十幾部有吧。阿里呀兜，太簡單了。

只是，我印象深刻的是，自己太太端杯茶給你，做先生的，竟客客氣氣的回一聲阿里呀兜。然後師母退下，客客氣氣的。一如日本電影裡的家居生活。

喝完茶，老師掏出手帕，擦擦額頭臉上的汗，叫我們翻到下一課，繼續解題。屋外的天色黯了，仲夏之夜了。

我們繼續抄寫老師的解題順序。我一手抄，一手趕蚊子。

我看到院子裡走進一位警察。噢不，應該是兩位，另一位在門口外站著。

師母走出去，端了茶盤。兩位警察都喝了茶。

裡面的這一位，往我們這裡望了望，我剛好分心也望向窗外，我們互相看了一眼，他好像微微點了一下頭，笑了笑，很輕很禮貌的。

我沒收回目光，所以記下了這些畫面。

師母跟他聊了一會。警察放回茶杯，我這才看到他腋下夾了一本深色的卷宗，他打開來，不知在填寫什麼，但一定是依著師母的回答吧，因為師母講話時，他頻頻點頭，筆一直在動。

突然，師母看看室內，老師停下解題，要我們自行練習模擬卷上的題目，然後走出去，師母退開，現在是老師跟警察在交談了。戶外那位也走進來，現在是三人交談了。拿筆記錄的那位警察，仍在記。光影有兩道，室內透出去的，映照在老師的背上，我看不到他講話的表情，背影倒是有點佝僂了。從矮牆外透進來的是路燈，把三人的影子，籠罩在一圈光影下，黑白電影般的畫面。

警察走了。老師在那本本子上不知簽了什麼，師母恭敬的送警察出門，關上院門，矮牆外仍可見到兩位警察逐漸淡出的身影。他們彼此間沒有交談。

老師回來了，繼續上課，表情依舊，語氣依舊。電扇的呼呼聲，依舊。那個暑假，我還會再看到那兩位警察好些次。因為他們每週都要來一趟。

同樣的登門，同樣的問話，同樣的記錄，同樣的簽名。

其實不需等很多年，再隔個四五年以後吧，我唸了高中，對政治開始感興趣，我知道了什麼叫政治犯！

我老師的弟弟，跟著他的大學教授，發表了一份台灣自救宣言，被捕了，被判刑了。從此，他們家總會定期的有警察來登門。鄉下地方吧，即使政治犯家族，大家也是牽親帶故的，彼此多少有著這樣那樣的關係，於是連警察的定期登門，都像是一種串門子。

但我的數學老師與師母，家有至親身陷囹圄，又被貼上政治犯家族，應該怎麼樣也快樂不起來吧。但他依舊是那樣的平和，那樣的沉默。

很多年後，我聽說他過世於肝癌。

很多年後，我總是會想到他，尤其當我對台灣的歷史，了解更多以後。

我隨他補習時，常常無法按時交補習費。他總是很平淡的，在該交錢的日子前，對我說回去跟你的阿兜桑講，沒關係慢慢來，有錢再慢慢交。

隔年畢業，我沒考上私立初中。我去唸了國中。

因為國中還是在同個小城裡，偶爾在路上，在市場，也會碰見他。我也學著彎腰，跟他說好。

他知道我是眷村小孩。他知道我爸爸是外省軍人。可是他總是溫溫潤潤的對待我，有時還會拍拍我的頭，要我加油唸書。而他的至親卻是個政治犯。還被關了滿久的。

回不去了。回不去了。有些人，是你生命中的一筆淡墨，卻悠悠遠遠，揮之不去。你一輩子，會記住。像夏日悠悠的蟬鳴，像秋日緩緩的涼風，我們的生命如此之幽杳，如此之深沉。

回不去了。那些擦肩走過的人啊

回不去了。回不去了。我突然想到「擦肩走過」這詞彙。有點沒來由的。是啊，我就這樣，與許多人擦肩，走過。有時，停下來感嘆一會。有時，毅然決然的，往前走了。

我突然撩起擦肩走過的情緒，也不完全是沒來由的。那天移居澳洲的友人，在臉書上問我：記得以前村子頭的一家五個女孩都很漂亮的那家嗎？院子的竹籬笆，還種一棵大大的茶樹，夏季時，夜夜清幽清幽的。

我笑他，你到底是記得人家漂亮女兒，還是懷念那棵茶樹啊！我們各自在訊息上，貼上哈哈哈的貼圖。

他其實是要告訴我，那家五個女兒中的兩個，後來都移民到了澳洲。「澳洲很大，偏偏我們就碰到了。」他寫著。

「老大跟老三吧。你若有機會看到，一定會嚇一跳，那老三，就是跟我們一屆的，走路總是扭呀扭的那個，她的女兒都唸大學了，長得跟她一模一樣。真的，我都跟她說，一個模子刻出來的兩代美人！」

澳洲友人寫得很賣力，看得出，他的心被撩撥到我們的少年往事了。

但，我的記憶，暫時無法隨之起舞。那家的老大老三，我都不熟。

沒辦法，我剛剛要情竇初開的年紀，就去了外地的高中。每天一早通勤，晚上晚晚回家。假日忙功課，忙打球，忙著幫家務，跟村子裡的同年齡世代的接觸，逐漸減少。尤其，我後來想想，最大的變化，是我逐漸開啟了對知識的興趣，對敘述自己感性軌跡的流變，有了更多的興趣，於是，也就少了跟我原來同樣生活圈的村子裡的老同學，同步一塊化學變化的機會。除了，幾位一直維繫較多聯繫的朋友。移居澳洲的朋友是其中之一。

沒錯，他說的那家人，我確實有印象。一家五個女生，個個都滿漂亮的，實在不簡單。少男情懷總是……豬哥嘛，哪有不注意的道理。但我國中時，真是害羞，只能遠遠的看我心儀的女生。但也就這樣了。

我沒有跟澳洲友人誠實說的是，我雖害羞，但高中時，卻曾經跟那五位姊妹花的二姊，大我們兩屆，有過快一年的不時擦肩走過。

很單純的一年，我大學，研究所時期，約莫三十歲之前吧，還不時會想起那一年的某些記憶。但後來，就淡了，淡得如同沁了水的白紙，久了，乾了，徒留一點點的水痕而已，見證了白紙曾經遇上了一杯傾倒了的茶水。

若非他提起來。我也不會再想起擦肩走過這感受。

我高一通勤。每天一大早出門。趕搭六點多一刻的南下列車。那位二姊，她到台北唸書，五專三年級了。北上與南下，兩班列車，時刻表差不了幾分鐘。我若早點到，會碰上她。我們兩班車若都誤點一會，碰到的時間就會久一些。

她比我大兩屆，她妹妹是我同屆。有一次，她看到我，走過來，問我認識她妹妹嗎？

我點頭。她說你功課很好吧？我說馬馬虎虎，中上而已。她說你都愛看小說啊？我手上拿著一本卡繆的《異鄉人》。她說她也愛看，下次我們交換看過的小說吧，我點點頭。她的北上列車到了，她跟我揮揮手，「要記得喔」。我的班車也緩緩駛來。

上了車，車聲隆隆中，我的兩個同校的朋友，朝我擠眉弄眼，「噢，談戀愛喔！」我踹他們一腳。

我記得借給她一本卡夫卡的《蛻變》。一本《冰島漁夫》。一本《閣樓上的哲學家》。一本《三月裡的哲思》，我高中一位歷史老師，唸哲學的，寫的哲思小品。她很喜歡。我還借過她一本川端康成的《細雪》。我說男性作家這麼細膩的很少見。

她借過我張愛玲的《短篇小說集》，她說她存了很久的零用錢，買了一套張愛玲全集。她也借給我褚威格的《一位陌生女子的來信》。她說女生要比男生以為的，複雜很多啊。

我們並不是每天一定碰得到。有一本小說，我就放在書包裡足足兩個多星期，才交給她，還非常之匆忙，她的班車到了，她匆匆下天橋，趕過來，我迎上前，遞給她書，她笑呵呵的，拿著書，跳上火車，還學我們男孩愛秀的把戲，一手拉住車門旁的把手，半身吊在車外，跟我揮手，她的謝謝聲在風中遠逝。

那一年，除了這樣的接觸，沒有其他的了。

除了有一次，快放暑假前，她說以後不能跟你交換小說了。她要留在台北打工，四年級以後，她要半工半讀。「當然你可以寫信給我，我會給你地址。」

我有點失落。那個暑假。

新學期開始後。真的看不到她了。我們是寫過一陣子信。我抄過幾首詩給她。她說她還是有空就看看小說，不然人生太沒意思了，只是要上課要打工的，感覺很累。

漸漸的，我們也就斷了信。不知為什麼。

我上了大學，到台北了。有時在街頭看到穿她學校制服的女孩，會心念一動，不知她現在如何了。但也就這樣。心念偶爾為之一動。

之後，我們家搬出了眷村。之後，村子拆了。之後，很多老鄰居，老同學流散各地。之後，等到臉書出現，許多村子裡的老鄰居，小學國中的老同學，上了臉書，互相吆喝，有些又都聯絡上了。

但，我始終沒再看到她跟她的家人。直到，我的澳洲友人提及，我才想起。

是啊，我都已經中年大叔了。人生路上，肯定有很多擦肩而過，擦肩走過的人啊。

有些，我們佇足停留。有些，我們回首眺望。有些，我們不只擦肩，甚或傷心流淚過。
但我們只要一路向前，這些人都會成為擦肩走過的往事。
還好，有這些記憶吧，漫漫人生，有了光，有了熱。

回不去了。我們終將守著自己，守著家人，守著記憶，守著餘暉，守著生命之美好，往前走。

回不去了。管他什麼張愛玲！

回不去了。回不去了。若借用張愛玲式的句法，我們之所以會在人生的某一個路口，突然覺得自己回不去了，那一定是因為某一個人，她在最該出現的時候，她出現了，而且還對你嫣然一笑，於是，你便知道你回不去了，你回不到那自以為孤獨，或快樂的，以前了！

我是不需要張愛玲式的語言的。

因為，我遇上我太太那一天，全部的場景都很自然。自然到，你會以為風和日麗、陽光燦然，既然都那麼輕鬆自在了，一切不都應該合理的發展下去嗎？即便，以後的日子，有風也有雨，但無論如何，在亞熱帶的台灣，我們總不會遇上大風雪吧！

於是，不繼續，怎麼行呢！

我們第一次碰面，是在一家英式下午茶店，透過朋友的安排。她已經知道我是誰了，我也同樣知道她是誰。

那天下午我結束一堂講課，行色匆匆。她剛剛下了主播台，一臉淡妝。她先到，挑了個面對大門的位子，我一進門，便看見她，她嫣然一笑。我坐下來，兩人對視一會，互相笑笑，化解初見面的一點點尷尬。

陽光真好，店內的氣氛也好。連路上匆匆走過的人群，看來都好。

我點了咖啡。她喝花茶。我說比較少喝茶，她說無論咖啡或茶，她都會心悸。所以點了沒有咖啡因的花茶。我喔一聲，心想糟糕，我可是愛咖啡的，中年的，男子啊！

然而，陽光太好，店內人聲剛剛好，我只感覺這午後，舒適到我想坐在那，坐很久。

於是，我們聊天了。如初相遇的每一對男女，試著不同的話題，尋找對的音頻。

她聊到她是宜蘭人，奶奶住在羅東。

我說我也住過羅東，老爸單位移駐宜蘭，我們家在羅東落腳。當年我不到四歲。

她笑了笑，禮貌性的。

我為了證明不是把妹老套，告訴她，以前羅東有一條大河溝，底下舢舨往來，溝旁黃昏後攤販林立，我爸媽常牽我手在旁邊散步吃小吃。我大弟弟還曾在市場走失過，找到他時，我老媽滿面淚痕，我老弟卻抱著滿口袋的零食，「撿到他」的攤販，給他的。「宜蘭人真淳厚」，我輕搖咖啡杯裡的湯匙。

後來成為我太太的她，優雅的聽著。她應該相信了，這可不是把妹老套，能編出來的故事啊。畢竟我講的是我童年切真的往事，雖然那條大溝後來加了蓋，成為一條大馬路。後來我唸大學時，宜蘭來的同學告訴我，大溝加蓋後，旁邊矗立了兩家頗具規模的醫院，變得很繁榮。

她說她在太平山旁的獨立山，一直住到唸小學後才離開。她跟奶奶爺爺住，爸爸經商在外，媽媽教書在山下。到了台北唸小學，唸國中時，還常常夜裡偷偷啜泣。她想念山上的日子，想念奶奶身上淡淡的溫暖味。

那天我們聊了很久，聊了很多。

日頭光影，隨時間移動，侍者走過來，幫忙把窗簾挪了挪位置，不讓下午的日光曬到我們。旁邊的桌子換過兩三輪客人了。我們還沒有結束初次約會的打算。

她比我預期的年齡還小，我比她以為的年紀還大！

應該沒有多少人在第一次約會時，亮出身分證的吧！我亮出了，為了證明我沒騙她，我確實大她快十七歲啊。她驚訝的看看我。（我們又約了幾次會後，她後來告訴我，第一次約會後她回家告訴她媽媽我大她十七歲，她母親，我之後的岳母，瞪大眼睛問：那他會不會已經結過婚了？）

她說她其實看過我，在她國中的時候。我到她家附近的圖書館演講，她剛好在館裡看書。「妳有去聽嗎？」「沒有，我只是知道你，所以去看了一下，就繼續讀書了。」

她只是去看了一下我，嗯。

差十七歲，她國三時，我三十二了。

我不能想像一個國中生當女友的，那時。

當時她大概也覺得這傢伙等她長大後，八成已是老傢伙了吧！

我們都笑了。十七歲的差距，我們卻在多年後，坐在英式茶館裡喝下午茶，彷彿要約會了。

彷彿要約會了。我們繼續聊著。不免客套的問對方，還好吧，會不會耽擱你（妳）太久呢？

她說，下了班都沒事了。

我說，今天除了中午那堂課，唯一重要的事，就是現在了。

她笑了笑。真好。

日影移動。侍者在擺餐具了。黃昏了，日光餘暉，映照室內，一切都金黃金黃色的，飽滿飽滿的。我好些年沒見過這麼飽滿的色系了！

我約她，既然沒事，要不一塊晚餐吧。她很快的回應：好啊！

我們走出英式茶館。黃昏上街頭了。人潮漸多，車陣漸長。我們沿著街道往前走。

「想吃什麼呢？」「都好啊！」「那日本料理吧，附近有家不錯的店。」「好啊，我喜歡，我們家聚會常吃日本料理。」

我們沿著街道走去。我跟她說，這些年我都在東區晃蕩，這些巷弄，熟悉到閉著眼睛都能逛。「不會都一個人吧？」她揶揄的口氣問。「不過這些年，倒是常常一個人逛。」我毫不鬆懈的回答。

她側臉，微笑。我心底倒抽一口氣，這小女孩挺犀利的嘛。

但奇怪喔，我卻在心中湧起淡淡的甜滋味。她顯然知道一些關於我這老男人的事，但還好，她仍願意跟我在下午的茶館，在黃昏的街頭，在待會晚餐的日本料理店裡，繼續約會。真好，這麼自在的約會。

那天晚餐後，我送她到停車場，目送她離開我的視線。

我轉身，一個人走向我停車的方向。走著走著，我竟然輕輕吹起了口哨！

是啊，當我們在某一條街，某一路口遇到某一人時，我們會停下來，等一下，望一下，那是因為我們準備回不去了。我們有心不回去了。

幹嘛回去那一個人自以為孤獨或快樂的以前呢。

多年後，我常常想到那下午，我跟我後來的太太，第一次約會，她的笑容似陽光，我們聊了很多，很久。那是我們的初遇，我們一輩子的初衷。

以後我會常常跟女兒講這段往事。我回不去了，因而，才會有她，我們的女兒！

輯二

有一種愛

序　有一種愛　讓我們擁有愛的能力

林書煒

蔡詩萍的確是在有了女兒之後，開始有了巨大的改變！這是許多與他相識超過十五年、二十年，甚或三十年以上朋友的共同感想，認識越久其被震驚之程度想必越大！

如同蔡詩萍在書中所寫，他非常不耐於感情中兩人的互動關係一旦固定下來後，接續而來的那種規律且瑣碎，那樣的日日夜夜必須承諾些什麼，日子才能過得下去的某種條條框框。蔡詩萍的內心深處一直想遊蕩，遊蕩於父母兄弟之外；遊蕩於親近朋友之外；遊蕩於同居枕邊人之外……。總之，蔡詩萍喜歡與人保持一種距離，他認為的安全距離，一種可以讓彼此關係延續下去的距離。

還在談戀愛時，我對於蔡詩萍這種經常行蹤飄忽不定、不喜歡交代行程、不愛做解釋的表現非常不解！尤其對於他完全不擅或說是根本不願哄騙女孩子的不在乎，更是驚訝！我當時不止一次問他：「你不知道女生要的只是一個安慰及擁抱嗎？你寫兩性書籍都懂，為何你本人都學不會呢？」是的，我承認！我很難搞定那個些許自戀、喜歡孤僻的蔡詩萍！

•
•
•

還記得到北醫生殖醫學中心做人工受孕時，主治醫師問我們希望男生還是女生？我跟蔡詩萍相互交換了一個眼神，幾乎不假思索且不約而同說出：「比較想要女生！」的回答。醫師笑笑說，如果想要男生，媽媽要多喝葡萄柚汁；但，如果您們想要女生的話……媽媽就隨便吃吧！沒有追問醫生如此這般的根據在哪？但我那期間是完全不喝葡萄柚汁，也幾乎不太吃柑橘類的食物。

感謝主！我們如願有了一個健康活潑的女兒！

於是，蔡詩萍就漸漸形塑成現在的蔡詩萍！一個內心不再遊蕩、不再孤獨的蔡詩萍！

有一種愛，注定要等半世紀吧！一個中年男子在他人生的秋天，因為一位小女孩，而學會了人生的某一些珍惜；理解了對日常生活的反覆，對生活裡極其瑣碎的流程，中年男人竟然可以有如此寬闊的適應力。有一種愛，行蹤飄得再遠，讓中年男人心思總懸著那個固定座標的家，家裡的人，家裡的記憶！一個靈巧中帶點「蔡詩萍式」難搞的小女孩，竟然讓一個非常不耐於日常瑣碎及重複平凡的中年男人如此甘之如飴，如此心甘情願的臣服！難怪那些相識許久的老友們都嘖嘖稱奇於蔡詩萍的改變！我想，小女孩的誕生，讓中年男人都驚訝於自己可塑性之高的同時，女孩的媽應該是最大獲益者吧?!她終於可以在中年男人再度不解風情時，挺直腰桿理直氣壯對他說：「請你想想，如果你心愛的女兒以後遇到的男人這樣對她，你不會心疼嗎？」這句話的威力響徹雲霄般的進入中年男子的「腦」、他的「心」！誰捨得讓心愛的女兒受到一丁點委屈呢？尤其是年近半百才得女的蔡詩萍！

•••

最近經常跟蔡詩萍一起參加老友嫁女兒、娶媳婦的婚禮。中年男人總是每每在婚禮後情緒五味雜陳，回家後便會一把抱住他的小女孩問：「以後妳交男朋友，結婚了會不會就不要爸比了？」女孩的回答已經從五六歲時的：「我才不要呢！我以後要嫁給爸比啦！」轉變成十歲的現在，帶點酷酷的回答：「爸比！你很無聊耶～不要一直問我這個問題好不好啊？」

小女孩小時候很喜歡各牽著我和中年男人的手，悠哉晃蕩之際，小女孩便會突然縮起雙腳，如同吊單槓一般，搖晃於兩個大人之間。小女孩肯定知道，我們隨時都會緊緊握住她，不讓小女孩墜落於地；她肯定知道，她是我們迎向未來的共同意義。但小女孩終究是一天天長大了，我們總是要學習不斷放手，放她飛！讓她飛！！

有一種愛，不論小女孩飛到天涯海角，未來人生的境遇是歡喜或悲傷、是成功或失敗，我們總會展開大大的雙臂等著給她溫暖的擁抱和滿滿的愛！

有一種愛，中年男人在有了小女孩後，學會了什麼是擁抱！擁有了訴說愛的能力！

有一種愛。

有一種愛，注定了要等半世紀

有一種愛，注定了要等半世紀。

妳哇哇墜地的那一瞬間，我確實恍惚了一下下。就那麼一下下，天旋地轉，人生不變，我不再後悔猶疑了。

手上握著剛買來的錄影機，還沒弄清楚怎麼回事，就聽見護士喊著：出來了出來了。

妳媽咪還在一旁喘息，很大力的喘息。

妳則哇哇哇的不停啼哭，表情其實跟妳後來感覺委屈時，準備要大哭一場的模樣，幾乎是一樣的。這當然都是後來屢屢看到妳的神情時，我回頭聯想到的妳降臨地球的第一張表情。

先是抿嘴，接著鼻頭皺起，一張臉開始向中心點擠壓，但很快的，嘴巴一張開，全部的能量都向外擴散，哇一聲，眼淚與哭聲齊飛！不驚天動地，誓不罷休！

準確一點講，妳是在我四十七歲又兩個月多一些時，誕生於我面前的。

說是半個世紀的等待，稍微誇張了些，可是卻很傳神的，傳達了我身為妳老爸爸的心境。見到了妳以後，要說我還會再想多混幾年的單身，多晃幾年的頂客族生涯，那絕對是不可能的事了。

雖然，妳給我的第一印象，如同一隻全身沾滿了薄膜的癩蛤蟆。激烈的四肢晃蕩，高分貝的大聲哭喊，震撼了初為人父的一個中年男子！我女兒，怎會長這樣！

但也僅僅是那麼一瞬間，真的，僅僅那麼一瞬，之後，我便完全懾服於一個爸爸的喜悅了。當護士把妳全身的薄膜清除掉，當白色的毛巾裹著妳送到我手上，再送到妳疲憊卻興奮的媽咪面前時。我已然懾服了。

一個中年男子，等了近半世紀，等到了一個女兒。她初看似媽咪，再看又神似她老爸。不多久，她又宛如她媽咪童年的神采。但再過一陣子，她一顰一笑總能讓人嘆一句「真像她老爸啊！」

我能說什麼呢？

我能說什麼呢？

我老爸，妳的爺爺，一定也曾如我，在妳（我）靜靜的入睡時，靜靜的坐在那看著妳（我）吧！

他能說什麼呢？

他能說什麼呢？

只是，我跟妳爺爺，也差了三十一歲。他的單身時代，風聲肅殺，雨聲瀟瀟，我的誕生終於給了他苟活於亂世的安定感。但他始終是嚴肅的看待他與兒子的關係。

我的少年時代呢，安定下來了，可是保守，壓抑，含蓄，內斂，連寫封情書到女校，都可能害對方被記過。

當我遇到妳媽咪時，時代又已經到了新的關口。妳媽咪亮麗，自信，有自己堅持的小確幸原則，有她摯愛的私生活美感經驗。我遇上她，起初是不太習慣的，或許，她對我的感覺亦復如是吧！

我親愛的女兒啊！我親愛的女兒。

我跟妳媽咪也是會吵架的啊。妳若記得，妳大班時，我們帶妳到峇里島度假。那一次，我跟妳媽咪狠狠吵了一架，很抱歉，我們忘了迴避妳。

吵過後，我帶妳離開房間，想讓妳媽咪靜一靜，讓我也靜一靜。

乖巧的妳，牽著我的手，靜靜的走在度假村裡靜靜的小徑上。

妳突然抬頭問我：爸比，你們吵架是因為我嗎？

天哪！五歲多的妳，竟抬頭怯怯的問我，我們吵架是因為妳嗎？

我絕對會記得一輩子的，女兒。那時，我停下腳步，蹲下來，在午後微微的海風裡，輕輕撫拭妳的額頭上的瀏海，抱抱妳，而後，親了親妳的額頭，對妳說了：「寶貝啊寶貝，真是對不起啊，爸比媽咪不該在妳面前吵架的。妳放心，我們不是因為妳而吵架的，我們是因為其他的原因。妳是我們的寶貝，我們再怎麼吵架都還是很愛妳的，妳要記住啊！」

女兒似懂非懂，點點頭。我牽著她，走到了游泳池，我跟她說爸比陪妳游泳好不好？她點點頭，笑了，她喜歡玩水。我又說，游完了，我們回房間，妳幫我跟媽咪說爸爸很傷心要跟妳說對不起好嗎？她又點點頭。她望著泳池裡的人，回頭對我說，等我們回房間時，媽咪早就不生氣了吧！

其實，還沒等到我們回房間，她媽咪就來泳池找我們了。

我遠遠看到她，揮揮手。她往我這看一眼，走過來，臉上沒有笑容，但已經沒有下午時的緊繃了。

她問，女兒呢？

我指指方向。女兒跟我們揮手，她正在認識幾位池裡的陌生小孩。

我跟媽咪說了女兒對我說的話。我說抱歉，以後不跟妳在女兒面前吵架了。女兒已經懂事了。

我們靜靜坐在黃昏的日光下。看著女兒在戲水，在交新朋友。

我替媽咪要了一杯調酒，她愛的藍色夏威夷。我喝著一大杯冰啤酒。陽光穿透椰子樹，餘溫猶在。人聲沸揚在泳池邊，錯錯杳杳。我們還沒說話，但眼光都在遠遠的，戲水中的女兒身上。

那之後，我們當然還是不免吵吵架，鬥鬥氣。

但我們都承認，女兒大了，懂事了，她漸漸會知道我們吵架的原因，到底有沒有意義？

那些夫妻間的爭執，會比她的存在，還有意義嗎？

每當我們心中多念及這樣的念頭，我們心中就會有很堅定的答案。

當然不會，我親愛的女兒啊女兒，這世界不會有比妳更重要的意義了！

我跟妳媽咪，都知道，而且將會越來越知道。

我想著，妳最初降臨地球的那一瞬間，我驚慌，我無措，我忘了舉起錄影機拍下那最初的鏡頭。但我從不後悔，迎接妳的來臨。

即使，我等了近半世紀。即使我等了近半世紀。

有一種愛，注定了要等半世紀，但多麼值得啊！一個中年男子，因為一位小女孩，而學會了人生的某一些珍惜。

妳左右手，各牽著我和媽咪，我們一家在街頭上悠哉晃蕩。妳突然縮起雙腳，如同吊單槓一般，搖晃於兩個大人之間。妳肯定知道，我們隨時都會緊緊握住妳，不讓妳墜落於地面。妳肯定知道的。妳是我們創造出來的意義，妳是我們邁向未來的，夫妻共同的意義。

我等了半世紀，才知道這樣的一種愛。

有一種愛，若是沒有妳，我至今無法理解

有一種愛，若是沒有妳，我至今無法理解。理解我對時光之轉瞬，對生活之平凡，何以有了不一樣的對待。

送妳到學校後，回程我買了杯咖啡。

早上沒事，我邊喝咖啡，邊把做早餐後的桌面、器具，整理好。再到妳房間，為那株小盆景澆水。妳前幾天，很得意的說，班上同學帶回家的小魚、小盆景，很多都死了。「只有我們家的，還活著。」妳很得意。

妳媽咪潑妳冷水，要不是妳爸比幫忙照顧，也早都死啦！

妳跑過來，依偎我，像在撒嬌。

「老爸爸嘛，總是細心嘛！」

我像是對妳說，也像是對妳媽咪撒嬌。

是啊，我老爸爸嘛。比其他年輕爸爸，是該多些心思細膩吧！

而妳，面對這事實，以後也不免要再三的追問，或回答別人的追問。妳老爸怎麼會這麼晚才生妳啊！

這的確跟妳媽咪沒關係，她生下妳時剛剛要三十歲。還是很年輕的媽媽。

我卻四十七歲了。

晚婚，所以晚生，這是很合理的邏輯啊！

妳老爸我何以晚婚，說詞向來有兩個版本。

第一個版本，是討好妳媽咪的官方說法。因為我在等她出現。是啊，畢竟我跟妳媽咪第一次約會時，她就承認了，她國中時，在娘家附近的圖書館裡見過我去演講的海報，還去現場張望了一會。

這也許便是我們之間的緣分吧！

我之後的種種愛戀跌宕，當時再怎麼不解，最後想想，不就是為了成全與妳媽咪相遇於那個人生彎道的機會嗎？於是才有妳的出現啊！

妳幼稚園大班時，我便這樣跟妳說過的，妳當然還不會懂，但我說完後，捏妳臉頰，搔妳胳肢窩癢的動作，卻讓妳呵呵大笑！這畫面，我始終記得。

另一個版本，就深奧多了。

妳現在不會懂，以後是不是就會懂？我也不知道。但我總是把它說出來，留著，讓妳以後慢慢去體會。畢竟，我們是父女，或許在妳身上就流淌著，足以了解妳老爸的某一些血液，某一些基因吧！這會是妳跟妳媽咪最不一樣的地方。她是我太太，妳是我女兒。

這版本是，我晚婚，是我對婚姻，對兩個陌生個體，組成一個家庭，有著發自內心幽深處的排拒。

妳奶奶爺爺貧賤夫妻百事憂愁的過往，我是長子，從小看到大，不能說沒有影響。

我長大的過程裡，看了太多不同家庭裡的衝突，夫妻反目成仇的故事，也不能說沒有影響。

而我自己，妳老爸我，每每在感情的歷程中，一旦兩人的互動關係固定下來後，我便打從心底不耐於那樣的規律，那樣的瑣碎，那樣的日日夜夜必須承諾些什麼，日子才能過得下去的某種條條框框。

也許，我內心深處，是一直想浮動，一直想遊蕩，一直想不安於室吧！

我應該是個心靈世界的吉普賽人。是個想在荒原裡，隨意遊蕩，不經意可隨時消失的吟唱詩人吧！

我跟妳媽咪認識一段時日後，同樣也慢慢被迫要逼視這問題。妳媽咪不解，何以愛的承諾，須如此閃躲？我的困惑是，我應該可以停下了，但何以焦躁不安呢？

時間，我說也許時間可以解決吧！

妳媽咪說，沒有時間了，不然她就要去香港工作了。

我已經走過青春的盡頭了。我很清楚，人隔兩地，時間不會是情感的催化劑，反而會稀釋原來的濃度。

妳媽咪說，在一起，就必須邊走邊有進度。感情尤其是。

我最後的抵拒，其實很懦弱。那年，閏七月，鬼月之前，最後一個良辰吉日，我們結婚了。

是啊，感情的事，必須邊走邊有進度。

有了進度，我們的生活，自會跟著有質變，有新的內容。

我後來竟醒悟到，妳媽咪跟妳奶奶，相差那麼大的世代，但她們面對生命的態度，竟然那麼的相似！

妳老爸我的老家，食指浩繁，生活從來都是艱辛的大事。但妳奶奶生性樂觀，生四個孩子，每個都當寶一般看待。她總相信，很多事是過程，該來的，躲不了，別人能熬過的，我們沒理由過不了關！

多像妳媽咪啊！

其實，也很像妳外婆。在外公幾度瀕臨健康，事業的懸崖時，妳外婆也是靠著一股不服輸的信念，苦苦撐過去的！

而妳老爸我，一個浮動，猶疑，不安，心思過於細密的老男人，終於在妳媽咪堅毅的劃出底線的截止日前，投入了一個男人應該要進入的另一段人生歷程。我結婚了。我

有了自己的家。我也要有下一代。雖然，我都比我年齡相仿的朋友，晚了很多。有一種愛，若是沒有妳，我至今無法理解。理解我對日常生活的反覆，對生活裡極其瑣碎的流程，竟然有如此寬闊的適應力。

在沒有妳之前，我跟妳媽咪的婚後生活，與我們各自單身時改變了很多。但我們仍像兩個個體，各自忙碌，共同生活，而生活裡仍保有我們獨自的餘地。

準備要擁有妳開始，我就明白，我不可能再遊蕩了。妳會是我荒原裡的花圃，妳會是我野地上吟唱的主題。妳會是我跟妳媽咪之間，平衡兩人截然不同性格而卻能繼續往前走的那支槓桿。

我是應該感謝妳的出現的。

妳讓媽咪看到了，我原來可以為她分擔不少角色。

妳也讓媽咪看到了，我可以為妳做最細瑣的雜務。

妳媽咪應該很開心，她巧妙的讓妳扮演起叮囑老爸的分工。

妳媽咪一定覺得，她讓我進入婚姻，進入家庭，是解救我免於單身到初老的孤獨。

可是，妳的出現，卻是讓我免於對生活的倦怠，免於對生命荒涼的恐懼。

有一種愛，是要等待妳的出現的。

從包尿布，買尿片。從餵奶餵副食品，到幫妳做早餐。從哄妳睡覺，到送妳上學。

有一種愛，是要等妳出現於我們的生活世界，我們才真正理解，時光之轉瞬，平淡之無奇，原來都不可懼。

因為妳一天天長大了。

每天都是一個新探索。

這種愛，若是沒有妳，我至今無法理解。

有一種愛，強壯我的臂彎如港

有一種愛，強壯我的臂彎如港，溫柔我的脾氣如星月。

雖然我知道，我的體力總是要逐步下滑，我偶爾，偶爾也會被妳，被妳媽咪嗆到暴跳如火山。

但十歲的妳，應該也了解了，火山也難得爆它一次啊！何況，我也差不多形同休眠已久的火山了。

妳八歲的時候，在夏威夷真的看到了火山口，那巨大的圓弧，讓妳睜大眼睛，久久不肯從我的肩膀上下來。媽咪說這樣爸比會累，我跟妳，竟然同時說出：爸比不累！

妳說爸比不累，是捨不得從我肩頭下來，那位置正好可讓妳眺望整個火山口的形狀。

我說爸比不累，是捨不得妳從我肩頭下來，我頂著妳正好可以讓妳眺望整個火山口的景觀。

妳騎在我肩頭上，多久？我也忘了，但妳在我頭頂，雀躍的身軀，興奮的口吻，卻是準確的傳到我的肩上，我的心上，傳到現在，我依然能感覺我肩膀上的童年歡愉的妳。

能讓妳開心，能讓妳已經八歲的身體，還願意騎在妳老爸我的肩膀上，妳說我捨得說出「我撐不住了，下來吧」這樣的話嗎？

我是開心的，那時盡全力頂著妳，讓妳放心的眺望那座火山口。我屹立著，如山，如樹，如一位父親般的毅力。

我還好盡全力肩負著妳。因為，那次以後，這幾年，我完全沒有機會再像那次，像妳更小的時候那樣，以肩膀，當妳坐騎，以頭顱，當妳的轡繩，任憑妳眺望世界了。

妳總是持續在長大，在長高，再以自己的眼睛，以自己踮起的腳尖，在觀看這世界了！

於是，我怎能不懷念起，妳四歲半時，我為妳寫過的一段文字：

妳半睜著眼，大概廣場上活動的廣播聲吵到妳吧。不過，很快地，妳便闔上眼，繼續，睡妳的午覺，在我的臂彎裡。

我特別得意這樣的感覺。妳躺在我臂膀裡，輕輕入睡，醒過來，睜開眼，不是全然醒來的那種，是微微睜眼，確定一下自己是不是仍在安全的環境裡，一旦確定了，又閉起眼，熟熟的睡去。有時，還會把手掌張開，摸摸我的臉，代替親吻，好像給老爸一番獎勵似的，「嗯，很不錯喔，請你繼續，爸比。」

這是老爸我開心的時刻之一。我的臂彎如港，輕輕摟妳於一泓靜謐的水波上，我的幸福，隨著搖晃妳的韻律，一起擺盪著。一起搖晃著。

我抱著妳，坐在三樓露天咖啡座裡，陽光輕灑，人聲雜沓，但我的心思跟妳的沉睡一樣，都隔絕了這冬日午後的喧鬧。妳媽媽想去逛逛精品店，我搶著說那好我帶妳，反正妳睏妳想睡了。

這種討好，我最樂了，一兼二顧，妳媽咪可以輕鬆逛逛，我呢，則有時間，獨攬妳於我的身邊，即便妳入睡，也是躺在我的臂彎裡啊。

我愛抱妳，妳媽咪向來意見多，怕我寵壞了妳。自我告訴她，妳終將長大，終將有朝一日連我想摟妳，妳都不見得心甘情願被我摟，那何不趁我能抱妳而妳又願意跟我撒嬌讓我抱的這段時日，多抱抱妳呢？這麼說以後，妳媽咪很少再碎碎唸我愛抱妳了。她大約是聯想到妳外公疼她的兒時記憶吧。

身為爸爸，我對一路走來抱妳的記憶，與如何抱妳方抱得舒適，是很有心得的。

妳出生時，在坐月子中心，我天天抱妳幾回。那時，妳全身軟若無骨，躺在我臂膀上卻長短剛剛好，我覺得那時我的臂膀如電動床，持久耐用細心體貼；半歲多以後，我喜歡捧著妳輕搖，獻寶一般，向世界炫耀妳屬於我的榮耀，那時我像一個King，妳便如我的城堡；一歲多了，妳搖晃學步，我愛迎妳入懷，兩手伸向妳的雙脅，如輕拖船隻入港，每拉一回，心中便甘美一回；兩歲多、三歲多，我抱妳，便有如人工體重計了，抱妳是隨時想探知妳三餐吃多少吃得好不好夠不夠；四歲多以後，抱起妳，觸感沉甸甸，心頭起了不捨，妳重了，妳終有我抱不動，或妳不再讓我抱的那一天了。

我對妳說，老爸抱不動妳後，就不能抱妳嘍。妳貼心摟我脖子，「那你就抱到一百歲好了。」小寶貝，妳知道一百歲有多長嗎？我嘴裡唸著，臂膀抱妳更緊了。我畢竟比妳明白，一百歲的意義。

從那時起，從我漸漸感覺到，可以抱妳的時間會越來越少起，我便常目視自己空空的雙手，擺出抱妳時的彎曲弧度，心想：這可真像一座港灣呢！

隨時護衛入港的船舶，卻深深了解，一座港灣的宿命，不就是期待灣內船舶往更遠的海洋去漂泊嗎？沒有一座港灣，希望停靠的船隻，永遠停於港邊。於是，港灣最知道，船隻停泊於灣內之際，不管時間多久，都該擁抱以最深、最誠懇的感情。

是啊，我的臂彎如港，終將目送妳出航。妳的未來，是我無從探知的世界。我僅能如港灣一般想望：當妳疲憊、當妳困頓，別忘了老爸我的臂彎，曾經給過妳的擁抱。這是最無悔的港灣。

妳十歲生日後不久，我在電腦的檔案裡，看到這篇文章。寫於妳四歲七個月大時。

那天，氣壓沉滯，我靜靜讀完為妳寫過的這篇文章，窗外開始敲起急驟的雨點，先是滴答滴答，接著一陣急鼓猛敲，再來便是轟然傾倒的暴雨了。

我起身，拉上窗戶，站在落地窗前，望向灰濛濛的遠處。

媽咪去工作了，妳在學校上課，我還沒到該出門的時刻，真像一座船舶出航的港灣啊！空空蕩蕩的灣內，安安靜靜的港區，除了當下這一陣子的暴雨。

往事，雖不如煙，但也會淡淡稀釋。我已經無法再具體的感受到，妳騎坐在我肩頭的那股騷動感了。

妳畢竟長大、長高、長成一位小少女，長出人前不願意表現出還黏膩爸比的準青少年意識。

我能怎樣抵拒這樣的變化呢？妳是我疼愛的女兒啊！我只能跟著妳，一步步的，跟著妳的變化走。

但還好，我是那樣的疼過妳，抱過妳，以肩膀，以臂彎，以我心如港灣的自許，去愛妳。

有一種愛，強壯我的臂彎如港，溫柔我的脾氣如星月。還好，我一直以當妳的好爸爸，來要求我自己。

有一種愛，日常而細瑣

有一種愛，日常而細瑣。我們每天都在做，不見得日後都一一記得。

我幫女兒洗澡。她抖動身體，兩腳亂蹬，她喜歡泡在溫熱的水中，嬰兒用的盆子。我坐在小板凳上，汗流浹背，滿心歡喜。洗完澡，輕輕擦拭乾淨後，我在她背上、手臂上，抹上痱子粉。她仰視我，咯咯笑著。不到一歲的笑。兩歲的笑。三歲的笑。

我搶著替她換尿布。先用濕紙巾，把她兩腿抬起，輕輕擦著，如擦拭一座我精心收藏的瓷器。接著用乾衛生紙，輕拍屁股，吸乾水分。然後摺疊好髒了的尿布，緊緊貼上魔鬼沾。再取一包新尿布，墊在女兒屁股下，她咯咯咯笑著。手指伸進嘴裡。我欸一聲，「不可以喔，髒髒！」她咯咯咯咯笑著，把沾了口水的手指，抹到我臉頰上。我輕搔她胳肢窩。她一歲的屁股，她兩歲的屁股，她三歲的屁股。

我倒了些爽身粉，在我手掌心，塗勻了，輕抹她的小屁股，清幽清幽的，茉莉花香。她咯咯咯咯，笑著。唯有父母知道，那是嬰兒最舒服時給爸媽的回報。

我把洗過澡，換好尿布，全身香噴噴的女兒抱起來，貼在我胸口，我感受她的溫暖，她的心跳，她的手舞足動，她的一日接一日，細微的變化，累進的成長。

唯有爸媽知道，那是我們的付出最美的回報。一個小生命，就那樣，一點一滴的，在我們手裡，緩緩膨脹。

有一種愛，日常而細瑣。

我推著娃娃車。她媽咪拎著袋子，走在前頭。女兒兩手搖晃，她看到熱鬧街頭，綠意盎然的公園，只要能勾起她的興趣，她必哇哇的叫。我們低下身，幫她遮好遮陽棚，她流口水了。媽咪說餵她喝水吧。我把奶瓶遞給女兒，她喝了幾口蜂蜜水，又哇哇叫了起來。媽咪嘆口氣，「欸，就跟你說過了，不要一直抱她嘛，你看她動不動就要你抱！」

原來喔，不早說嘛，爸爸生來高大英挺，不就是注定要抱女兒的嘛！

我對媽咪說。但手卻沒停下來。我鬆開座椅的安全帶，把女兒抱出娃娃車。

她兩手揮舞，啊啊的叫，高興得很呢！她老爸又抱她走在街道上了。我是她的大玩偶。世界是她的大戲院。而她，是她爸媽心裡最大的牽掛。

有一種愛，日常而細瑣。很多很多畫面，我都來不及拍下照片。事實上，我們也不可能時時在記錄日常的片段。太細瑣了，太日常了，何必拍呢！

女兒圍著肚兜，專門設計給一兩歲娃自己吃飯用的。

她很興奮。一匙一匙挖著稀飯，我們用細碎的肉末，熬煮的稀飯。她胃口好時，一口氣可以吃下大半碗。吃到半碗以後，不太餓了，她就開始玩耍了。我們夫妻輪流逗她，哄她，要她再多吃一些。我盛了半碗飯，拿支湯匙，一大口放進嘴裡，表情誇張，擠眉弄眼，她呵呵的笑，學我，舀一匙，含在口裡，擠眉弄眼。嘴角滲出一抹汁液。有時，高興起來，還吐出一小口，朝我靠近她的臉，然後，呵呵呵，笑著。她懂得惡作劇她的老爸了。她兩歲多了，她三歲多了。

而夜，才剛開始。我們夫妻都下了班直接回家。捨不得在外耗時間。這一夜，一如平日，我們將陪她吃飯，跟她戲耍，替她洗澡，換尿布，逗她開心，然後，哄她睡覺。睡著後，幫她這裡揉揉，那裡搓搓，她是我們夫妻的小玩偶。

多麼平常而細瑣的日子啊！一天，一夜，一週，一月，一年，一歲的，過著。我對平淡的日子，能有最不平淡的體會，都跟我女兒有關。

在女兒的嬰兒時期，這樣的日子，要維持好一陣子，日日重複，我們卻日日歡喜。總是隔了一段日子後，突然發現嬰兒鞋穿不下了。尿布要換大一號了。除了牛奶，她的副食品要注意營養的多樣性了。她想要自己吃飯，跟我們大人一樣。可是，吃著吃著，看起卡通，她卻又要我們輪流餵她。

日子的細節，多麼的不戲劇化啊！抱她，餵她，哄她。洗澡，吃飯，換尿布，教她講話。教她認地板上的ＡＢＣＤ、還有ㄅㄆㄇㄈ。過日子並不戲劇，我們的心，則充滿聚焦的喜劇感。

就這樣，過日子。我常常，就在她身邊，睡著了。

直到她媽咪，洗完澡，邊擦乾頭髮，邊高分貝喊我：欸，欸，你這老爸，怎麼自己先睡著了！

我醒過來，望望女兒，她閃著靈動的大眼睛，好像在笑。我也呵呵笑起來。

「換爸爸去洗澡啦。」她媽咪低下身，在她額頭上親一下。她親女兒的表情，比戲劇裡任何一位母親的角色，還要開心！

有一種愛。日常而重複啊。日子也就一天天的過去了。

我們幫女兒辦了個抓周儀式。她一歲了，親朋好友的圍繞下，她爬著，抓起一支鋼筆，她老媽喊著：「噢，不要，不要當作家。」女兒迅速丟下筆，再爬，這次她拿起玩具鋼琴，大家笑呵呵。她接著拿起一枚金色錢幣狀的巧克力，她媽咪喊：「拿著拿著當金牛！」女兒看一眼我們，眼神不解，但她一張口，咬了錢幣巧克力一大口！我們哇一聲，哄堂大笑。媽咪伸手去搶她口中紙還沒撕下的巧克力，她哇哇大哭！全場轟然。

那個下午，二十幾個親友擠在家裡。我們的女兒一歲了。

不僅日子一天天過。

即使年也是一年年的過了。

女兒喝完羊奶，把書包整理好。快到學校了。

她突然問我，今年她就十歲了，對吧。

是啊，我看看後視鏡裡的她。「不要懷疑，妳要十歲了。」

媽咪說是我第一個二位數的生日。女兒在鏡裡問我。

「對啊，過了九歲，以後沒有個位數生日了。」我點點頭。

那要怎麼慶祝呢？後視鏡裡，女兒睜大眼睛。

「我們還在想。」我卻想著她一歲的抓周。

學校要到了。我回頭，對女兒說：「要開心喔，每天都要開心。」

女兒下了車，走了幾步，遇到同學。嘰嘰喳喳，不知聊什麼。也許是，關於她要十歲的事吧。我隔著車窗，望著她們。

有一種愛，日常而細瑣。但縈繞心頭，久久不去。我相信，我總是會記得這一些。

有一種愛，我引妳輕觸這世界

有一種愛，我引妳輕觸這世界。

而愛，是需要輕輕觸摸的。

我輕輕觸碰妳的額頭。我輕輕觸碰妳的眉毛。我輕輕觸碰妳的臉頰。我輕輕觸碰妳的小手。當妳降臨這地球後，起初那幾個月，我天天都想輕輕的，觸碰妳。

觸碰，讓我真實的感受到，妳來了，來到我跟妳媽咪的世界裡，從此我們是一家人了。

多麼奇妙而又真實的體驗啊！透過觸碰，溫度與溫度的摩擦。生命與生命的禮讚。透過碰觸。

觸碰，也讓我真實的知道，生命真是奇妙，我跟妳媽咪，兩個完全不同的個體，竟然可以結合而創造出另一個如妳這般可愛的新個體。我的一部分，媽咪的一部分，卻又是截然獨立的，全部的妳自己。太奇妙了，我從來沒這樣過，在無法以更多語言詮釋的困窘下，只好一再的重複：太奇妙了。太奇妙了。

我跟妳媽咪，完全沒有相似之處，我是指外觀上。

而妳不同。妳有媽咪的眉毛。妳有爸比的眼睛。妳有媽咪的額頭。妳有爸比的鼻梁。妳有媽咪的嘴型。妳有爸比的下巴。妳有媽咪的手指腳掌。妳有爸比黝黑的皮膚。

出生之後，親友們來看妳，有的說，像爸比這邊多一些。有的說，像媽咪那邊多一些。有的當然兩邊討好，說妳啊集結了爸媽的精華。

我跟妳媽咪是無所謂的，我們相互看一眼，笑著，反正妳是「我們的」女兒了，像誰多一些，像誰少一些，「我們」，做妳爸媽的，哪裡會在乎呢！

我喜歡抱著妳，輕輕搖晃。他們說這樣會讓妳有安全感。

多好的字眼啊，讓．妳．有．安．全．感。

能讓妳有安全感一輩子，這難道不是每個新手老爸，對孩子，尤其是對女兒，最該做出的，畢其一生的承諾嗎？

我抱著妳，輕輕搖晃。妳安詳的睡在我懷裡。妳奶奶說，不要太常抱啊，抱習慣了，她一醒，就會找你抱啊！小孩都是這樣被寵壞的。奶奶有四個孩子，她是懂怎麼當爸媽的。

但妳奶奶以為這樣說，就可以嚇退我？她錯了。

我一聽原來常常抱妳，可以讓妳更依賴我的抱抱，那，豈不更好！

於是，我更愛常常抱妳了。抱著妳，哼哼歌。抱著妳，一人獨語。抱著妳，什麼都不做，只是走來走去的，亦很愉悅。

妳幾個月大以後，我就愛在有陽光的日子裡，抱著妳，在住家附近的小徑，山坡上，閒晃。

妳靈動，活潑的眼珠子，好奇的張望著。有感於日光的溫暖，有感於清風的拂面，有感於周遭一動一靜之間的對比。
這世界，毋寧是歡迎小天使降臨的。
等妳再大一點後，我繼續抱著妳，在住家附近，散步。
我輕輕搖晃一下樹枝，樹葉擺盪，妳開心的笑了。我讓妳自己去搖動樹葉，妳很高興，原來世界是可以觸碰的啊！
有一天，我們看到蝴蝶。我抱著妳追，有時快，有時慢。妳揮舞小手，高興得啊啊叫。原來，世界是可以嘗試去追逐，去感知的啊！
後來，妳再長大了一些。喜歡自己走路，自己追逐，自己觸碰妳喜歡的事物了。我在旁邊，跟著。我在後邊，追著。我在稍遠處，望著。我女兒，一天一天的，在碰觸世界了。
她碰觸的世界，我將漸漸的陌生起來。
但我還是有很多機會可以抱妳。那時。
妳會走累了，伸手，讓我抱妳。
妳會玩著玩著，睏了，讓我抱妳。

再大一些後，妳多半是在我車上，每次出門回程時，妳疲累的睡著了。妳媽咪下車時想喊醒妳，我都搖搖頭，搖搖食指，不要，不要吵醒妳吧。就讓我有機會抱妳上樓，抱妳進家門，抱著妳，直到妳睜開眼說「噢，到家嘍！」，才捨不得的放開我，而我，更捨不得的放下妳。

能抱的時間，真的不多了。

妳已經十歲了。

還好妳體型纖細，不然，我即使想抱妳，也未必能抱起妳，抱著妳也未必能走多遠了。

但，愛是需要觸摸的。我們彼此的關愛與疼惜，是需要觸碰的。

妳說妳還記得幼稚園大班時，媽咪出國，我幫妳請了一天假，我們父女倆跑去福隆海水浴場，逛沙灘，騎協力車。我氣喘吁吁的踩，妳一路喊加油。

而我記得，風吹妳的長髮，飄進我眼裡，飄到我臉上，我一路踩踏，一路歡喜。

晚上我們待在旅館房間裡，吃福隆便當。室內狹窄，沒有桌子，我們把行李箱攤開，墊在下面當桌子。吃完便當，再跑去街口，父女倆合吃一碗黑糖剉冰。

妳還是累了。回程時海風輕撫，路面浮起白晝積累的熱氣。妳牽著爸比的手，一路問，明天還可以再逛海灘，再去騎車嗎？但妳的眼睛已經很睏了。

我問：要不要爸比抱？

妳伸出兩手，我抱起妳。不一會，妳就睡著了。那條路還真不短，我抱著妳，聽到遠遠的海濤，聽到我鼻息間的喘息，聽到我心臟慢慢加速的跳動，人生的夜很多，我必定會選擇記住那一夜。

妳竟然還記得那一次！我們父女到福隆。

我當然更記得那一次，妳媽咪前一天離開台北，搭飛機。我們隔一天也離開台北，我開車，到福隆。

那晚我抱著妳，回飯店的路上，妳睡得很熟後，我仰頭看夜空，一片燦爛，星光熠熠。不需要拍照，我也能記得那美好的夜晚。海風徐徐，浪聲悠遠。我抱著妳在幽幽光影下，一路走回飯店，我們的影子，疊成一個。

妳漸漸長大了。

我能抱妳的機會，勢將趨近於零。

但我一定會記住那些美好的擁抱。妳跌跌撞撞的，迎向我，喊著「爸比抱抱」，喊著「爸比抱抱」……

而我，一把抱起妳，舉向天際，舉向我來日的永恆。

有一種愛，我引妳輕觸這世界，而妳，讓我一顆躁動不安的心，開始安定於這世界了。

我也將記得，那些輕輕的觸動，一直在輕叩我的靈魂。妳是我的女兒。

妳·是·我·的·女·兒。

有一種愛，我通過了妳媽咪的驗證

有一種愛，我通過了妳媽咪的驗證，取得了盡心愛妳的權利。多麼不容易啊！妳若知道一開始的艱辛。

妳在爺爺奶奶家住了兩個月後，妳三個月大了，我們決定再怎麼夜裡不好睡，也要把妳接回家一塊住。畢竟，我們是一家人啊！

滿月以後，奶奶疼妳，也擔心我們要工作要顧妳兩頭煎熬，主動要帶妳。但才兩個月，我們便想念得吃不消了。

有一夜，妳媽咪輾轉反側，我問她怎麼了，不舒服嗎？她在啜泣。

我嚇了一跳。開燈。望著她。

她囁嚅著說，我想女兒。

我摟著妳媽咪。說我也想啊。

那一週我們回去奶奶家看妳，決定了要帶妳回台北，自己帶。

奶奶其實也是很累的。妳出生時，她都六十六歲了，還要照顧七十八歲的爺爺。憑著一顆疼妳的心，硬撐著要帶妳。我們也不忍心。

妳回來台北後，我們每天張羅妳吃妳喝妳拉妳撒，累得不亦樂乎！

妳媽咪顯然一開始是很不放心我的。

她總擔心我一個老男人，粗手粗腳的，不懂怎麼細緻照顧一個小女娃。

我起初能做的事很有限。妳要喝奶了，我負責泡奶粉，妳媽咪餵。我在一旁，不時拿著面紙擦妳嘴角溢出的奶汁。

妳喝完了，我接手，抱妳過來，輕拍妳背，助妳打嗝。

妳該換尿布了。妳媽咪叫我一旁看著，但始終不讓我插手。我僅負責注意每個環節。

適時幫上手，遞新尿布，丟髒尿布。

至於，妳幾個月大時的洗澡，更是沒我的份。妳渾身軟綿綿，一入小澡盆，肢體亂竄，妳媽咪認定我無法招架。

就這樣，妳回來台北我們家中後，有一個多月吧，我是妳爸比，卻也僅是照顧妳的媽咪身旁一個助手而已！

終於，連妳媽咪也累得受不了了。

我們坐下來，面對面，妳躺在搖籃裡仰望著我們的對話。如果，妳當時可以了解的話。

我說，媽咪妳要放手啊！不然我怎可能知道如何照顧女兒啊！

妳媽咪說，可是我就是不放心你啊！

我說，妳越不放心，我就越不會照顧女兒啊！

妳媽咪說，我看你連自己都照顧不好啊！

我生氣了。不講話。

妳媽咪也生氣了。不講話。

我們靜默著。那個晚上。妳眼睛骨碌碌的轉，發出一些嬰兒的聲音，口水淌在嘴角。

終於，妳媽咪說，那你今晚幫泠泠洗澡吧！
我既喜且憂。
終於可以獨自幫妳洗澡了。可喜。
但妳媽咪要在旁邊監控全場。可憂。

我一輩子會記得的。那晚。我如履薄冰。
那晚，我先放好一盆熱水，試過水溫，很好。
我幫妳脫下嬰兒袍，卸下尿布。
我抱妳輕輕置入水中，妳雀躍的蹬水，兩腳亂踹。呀呀叫著。我流汗了。
妳媽咪站在浴室裡，不言不語，看著。
我左手臂支著妳，讓妳維持坐姿。右手拿起嬰兒沐浴乳，倒進左手掌裡，歸位沐浴乳後，再用右手掌摩挲左手掌裡的乳液，溫柔的把起泡的乳液撫拭在妳髮量稀少的頭上。
輕輕的揉著。輕輕的搓著。我聽到心底有一首歌似的，和絃著。
這一關不輕鬆。乳液有可能滑到妳臉上，滑進妳眼裡，我必須很小心。我感覺自己額頭的汗，滴進我眼瞼，刺刺的。

我傾斜妳的身軀，讓妳的小頭顱歪靠在盆緣，左手繼續扶妳，右手握勺、掏水，慢慢倒在妳頭髮上。妳這麼小竟也懂得閉目，彷彿享受！多年後，我幫妳洗頭時，妳站立於浴室內，表情幾乎一樣。仰頭，閉目，溫水輕輕滑過妳的額頭向後墜落。

終於，我讓妳平躺在我左手臂上，全身浸泡於熱水中，像妳多年後練習仰泳那樣。小嬰兒的肚皮隆起。肚臍像星星，指向父親的溫柔。

我輕輕，柔柔的，用小毛巾幫妳擦拭身體。

妳張大眼睛，望著我，無限溫柔。

我輕聲唸著，泠泠乖，泠泠乖，爸比幫妳洗得香噴噴。

洗完澡，抱起妳，裹住浴巾，妳媽咪講話了：交給我吧，你把潤膚乳、痱子粉拿進房間來！

我一一照辦。

妳舒服的手舞足蹈，呀呀呀呀亂喊。

妳媽咪幫妳換好尿布，穿上睡袍，抱妳親一下，然後交給我，說她要去洗澡了，讓我抱抱妳，順便泡個奶粉，準備哄妳睡覺了。

看來，應該是過了這一關吧！我想。不免得意。

我抱妳，在客廳陽台邊上，隔著落地窗望向不遠處的山下，燈火輝煌，這兒是妳的家呢！

那晚，妳睡著後。媽咪幫妳修剪妳小到不能再小的指甲。妳睡得很熟。

我跟媽咪說，妳先睡吧，我來陪女兒，明天我事少，可以晚點睡。

她打了呵欠，點點頭。

離開妳的小房間時，她說：看不出你滿會幫小孩洗澡的嘛！洗得不錯，泠泠很喜歡。

我看著妳，細細的眉毛，長長的眼睛，閉目睡得正熟。

我自己也覺得我洗得不錯，至少，妳呀呀呀呀的，很開心。

但妳媽咪怎麼知道妳很喜歡呢！

從那之後，我接手許多妳媽咪原來不放心我做的事情。洗澡，大小便換尿片，餵食，哄妳入睡，等等。

我越來越像個爸爸了。

有一次，妳兩歲多吧。我們在一個朋友家聚會，突然妳尿布傳出異味，我二話不說，把妳攤在沙發上，熟練的脫褲，取尿布，拿濕紙巾，擦拭屁股，包好尿片，穿上褲子，把髒尿布緊緊捲起，用一個塑膠袋包好，再客氣的問主人哪裡可以丟尿布。

朋友的太太，瞪大眼睛看我，「平常你都會幫忙換尿片嗎？」

是啊！

「大便也是？」

是啊！

她似有感觸的點頭，喔，喔，喔。

有一種愛，我通過了妳媽咪的驗證，取得了盡心愛妳的權利。我很高興，這是我當爸爸無比的歡欣。

我不能想像，有哪個男人，當了爸爸，會不爭取這樣的權利！會不把這樣的權利，當成一個完整男人的充分條件！

有一種愛，那，後來呢

有一種愛，妳總是愛追問著：那後來呢？啊，我親愛的女兒，後來呢，關於後來，妳要慢慢的，自己去摸索了。

妳最近常常愛用「後來呢」當口頭禪。

「後來呢，Renee 就說她不玩了，結果你知道嗎，Nina 就生氣了。後來呢，她們就跑來問我，要不要繼續玩。我跟她們說，要玩就一起玩啊。後來呢，她們想了一想，就說好吧，還是大家一塊玩吧。後來呢，我們就沒有再吵架了。」

我斜躺著，翻看手中的書，耳朵卻不時聽著妳高聲跟媽咪邊洗澡邊聊天。我們夫妻都愛在跟女兒洗澡時，聽她講學校的事。多半是她與同學之間的互動，非常之細碎，不外乎誰跟誰吵架，哪個男生很討厭，哪個女生喜歡哪個男生。有時，她也會講關於同學們對學校的某些意見，像不滿意營養午餐，不喜歡規定這規定那的。多半情況，我們都是聽得多，偶爾回應在某些關鍵的話題上。

媽咪說得對。我們先聽，多聽，不要一下子就打斷女兒談話的興致，免得以後她就把心事都埋在心底了。我們多聽，自然能聽出許多女兒她們那些小女生們很多的小祕密。

我查看過我為妳寫下的一些手札。小一以後，妳的「後來呢」口頭禪，漸漸多了。但更早一些出現的時機，是因為我為妳編織的床邊故事。我每每採用說書人的方式，講到一段高潮，便戛然而止，「該睡覺了，寶貝」，不然就是「好了，先講到這裡，爸比要去工作了，明天很忙」之類的。

妳多半不肯就這樣停下來。會苦苦哀求，「爸比，再講一段就好」、「再五分鐘就好」，再不然就是使出妳的殺手鐧：「那我多親你一次，你再講一段，一段就好！」

那些仲夏夜，那些秋夜深，那些寒流晚，那些春日暝，我們都是這樣父女拔河一般的，講一段，該睡了，再講一段，真該睡了，又講一段，直到妳真的睡著為止。

於是，在妳睡著之前，畫面多半如此：

「那，後來呢？」妳，右手指尖捲著髮絲，不斷撥弄著，已經有了女生淡淡嫵媚的神韻，尤其是，追問我故事的後續時，妳眼波與眉間會流轉。

「那，後來啊，」我故作耍賴狀，突然抱起妳，嘴巴嘟著：「豬八戒就偷偷親她啦！」每個爸爸，最愛的動作，親女兒。

「唉呀，我是說故事裡的後來啦。」妳掙脫我，手扠腰，雙目瞪，一副我小學班長的恰北北模樣。

「好啦，那後來，孫悟空遂扮裝成大小姐，坐在屋內床上，靜靜等豬八戒這隻妖怪，好色的闖進來……」我正襟危坐，繼續講《西遊記》，我的「泠泠版大話西遊記」，改編自正宗《西遊記》，卻添加了我的誇張胡謅，配合了妳興之所至的喜好。別人爸爸的故事裡，絕無可能跑出日本卡通正義之士「麵包超人」，穿梭於孫悟空、唐三藏之間！在妳我每晚的天方夜譚裡，麵包超人卻是唐三藏師徒五人之外，西方取經大隊裡不可或缺的最佳第六人。

多年以後，妳讀這些文字時，想必會覺得可笑吧，《西遊記》裡怎會生出個東瀛卡通人物！也許，那時，連麵包超人與他的戰友，咖哩麵包超人、吐司超人等等，都將一一淡出於妳的記憶吧。可我，妳老爸我，一定不會忘記，也不願忘記。就好像，妳爺爺奶奶，老在我們家族聚會時，聊著聊著，便提起我三歲多夜裡起床偷吃餅乾的糗事。別人送了盒鐵盒子裝的餅乾。奶奶拿了幾片給我，我狼吞虎嚥，接著還要。再猛吃了幾片後，還要，奶奶爺爺不給了。逼我刷牙睡覺。但我半夜偷偷爬起床，去找那盒餅乾。然後，我就弄了老半天，打不開。然後……

然後，妳睜大眼講，彷彿發現什麼祕密洞穴似的，大感興趣的追問：那，後來呢？奶奶。

見妳興致高，奶奶越講越唱作俱佳：「後來餅乾盒掉到地上，爺爺奶奶都被吵醒了。妳爺爺光火了，把一整盒餅乾放在妳爸比面前，要他全吃光，不吃光不准睡。」聽到這，妳笑得好開心，「那，後來呢？」後來，妳爸比，吃著吃著，飽了、撐了、累了、睏了、哭了，喊著：「我要睡覺，我不要吃了！我要睡覺！」奶奶一直重複，妳一直問後來呢，然後妳一直笑。

以前我沒那麼懂，總嫌我老媽很煩哪！只記得這些糗事。

有了妳以後，每當我再聽妳奶奶重複這些往事時，心底遂多了幾分溫暖。

我們，這些有孩子的長輩，對不斷長大，終將走出自己人生的孩子，僅能保有的，不就是美好的記憶嗎？我們的未來，在縮減；妳的未來，在延伸。我跟妳，僅有的交集，唯獨在妳還未完全獨立之前，而我還能握住妳的手之時，這交集，相較於我們各自的人生，太短暫了。短暫到，我們，當父母的，不得不停在那，喃喃自語，關於妳的可愛妳的天真妳的依賴妳的撒嬌。妳脫離我的雙手扶持後，就注定了妳的以後，靠自己去摸索、去體會，我們能幫的，越來越少。越來，越少。

妳的雙手，會想抓住天上的星、空中的風、未來的愛。我呢，看妳往前一路奔去，我只剩手上美好的記憶。我握緊拳頭，能抓住的，是隨風飄去的往昔，是記憶流沙於指間無情的滑漏。妳奶奶妳爺爺妳外公妳外婆，每個人都喃喃自語，關於孩子們過往的細瑣碎事，只因為他們抓不住孩子，只好抓住猶在指尖纏繞的美好。

我現在懂了，都因為有了妳，我才更懂妳奶奶妳爺爺。

我親愛的女兒啊，「那，後來呢？」關於後來，妳會在以後，以妳自己的生命去領會。那很久以後，後來的後來，我肯定不在了，但我留下的片言隻字，將是妳於後來追索我愛妳的線索。

有一種愛，關於後來，妳必發現妳老爸老媽的無怨無悔。

有一種愛，為什麼天下的爸爸都這麼愛他的女兒啊！

有一種愛，為什麼天下的爸爸都這麼愛他的女兒呢？
我跟女兒，在她成長的幾個階段裡，有我們特別的父女對話句組。
她很小的時候，我總愛叫她「小美人」，她會回我「老帥哥」。
我們樂此不疲。她媽咪總覺得我們很無聊。

她大班以後，我常問她：妳可以幫爸爸回答一個問題嗎？
我這樣問，她就會那樣回答：為什麼天下的爸爸都這麼愛女兒呢？

我們更加樂此不疲了。她媽咪不再嘀咕，只是眼神透露出無聊二字。

這問答遊戲，我們至今還玩，也不知何時她會不想回應了。我有準備，要再想下一個遊戲。專屬我們父女的。

為什麼天下的爸爸都這麼愛女兒呢？

前世的情人，是一般通論。

我總以為那答案太簡單了，我們若輕易接受了，就不會深入去思索，有一個女兒跟有一個兒子，何以有如此天壤之別的感受！

我想，我之所以會有個女兒，是天注定的。那像是一種命題，我要等半世紀才懂，然後再用餘生去疼惜，去解碼。

應該是天注定的，我有這個女兒。

我女兒童言童語，說過最令我窩心的話是：爸比你不要擔心，是不是你女兒早就排隊排好了，你不是說過送子鳥的故事嗎？那些送子鳥，不是嘴巴上都含著一個小孩，在排隊出發嗎？你就算早結婚女兒也是我啊！

多催淚啊，哪個爸爸聽了女兒講這話還會鐵石心腸的！

除非，是他老婆在旁邊！

「早結婚，媽咪可就不一定是現在的媽咪啊！所以不要在媽咪面前講，這是爸爸跟妳的祕密喔！」我當時應該是答應送她一組特定款的遊戲卡，才換來她保證不在媽咪面前講這話。

是啊，我當然是注定有這女兒的。

我很清楚。我跟她媽咪結婚兩年多，生不出孩子。我本來不急，但我老爸老媽可急了。好歹等到我四十四歲結婚，哪能再讓我有藉口拖下去。

我太太也許考慮到我的年紀，她的未來，不要小孩便罷，若要小孩也豈能再拖！拖下去，將來我有萬一，她的責任可就是一老一少的壓力了！

於是，搶時間，就成了婆媳之間最大的共識，押著我，上路當爸爸，是婚後幾年，我們家族的優先議題。不能再拖了！

既然不想再拖延，被押著去看不孕症科，是唯一途徑，不然就得吃喝熬煮一堆生孩子祕方了。

想想，我寧可去不孕症科，掛號，排隊，等診。醫生看看我的病歷表資料，問了問狀況，開口便說你若想爭取時間，早點有小孩，人工受孕是好的選擇。

我看看老婆。老婆看看我。我看看醫生，醫生堅定的再看看我。我，我還能有其他選擇，其他猶豫嗎？

有，醫生說，試管嬰兒？

我一聽這震撼的專門術語，馬上說那人工受孕吧。

就這樣，我們夫妻照表操課。按醫生指示，一步步朝人工受孕走。

但路並不順。第一次，以失敗收場。老婆吃了很多苦。我在一旁，握緊她的手，感覺她的痛楚與失望，身為男人，由衷的感受到某種無奈。雖然醫生說，不能受孕，因素很多。

休息了半年，再接再厲。醫生問喜歡男孩喜歡女孩呢？我說我年紀大了，養一個就很拚了，若以一個小孩為考慮，我優先女生。媽咪也點頭，說我們沒有公婆的壓力。真好，我們迎接女兒降臨，有了夫妻與家族最起碼的共識。

第二次，按表操課。一切順利。

每次預定的產檢，我頂多遲到，絕不缺席。這是給媽咪的承諾，也是給未來孩子的承諾。我們第一次有感覺可能會是女孩，乃因懷孕數月後，老婆的肚子並不大，皮膚也沒有太粗糙，大家都說應該是女孩。我越聽越開心。

等到醫生可以用超音波掃描時，他說除非，他故作神祕狀的說，除非這嬰兒刻意藏起生殖器，否則應該是女娃兒啦，恭喜你心想事成，蔡先生！

哇喔，我有女兒了。我反覆望著電腦螢幕，一個極小的北鼻，在老婆的子宮裡蠕動，蠕動，生命力滿強的。

從那之後，我們夫妻開始買小女生適合的嬰兒用品了。柔和色系的，粉色系的，但凡小巧玲瓏，可愛細緻的，我們都覺得可以及早準備。我們要有女兒了。

是啊，我們有女兒了。

我幫女兒入睡前按摩時，總會在她意識將滑入夢的幻境前，輕輕在她額頭上親一親，輕聲對快睡著的她說爸爸愛妳喔。她若尚未全然入睡，多半會語意含糊的回我：爸爸愛妳喔！

然後，就漸漸鼾聲響起，漸漸呼吸匀稱。而夜也入深，我們爸媽也該收拾好這一天的心情了。

有一回，我幫她洗澡。她又嘰嘰喳喳的講她學校裡，樂團裡的事。我突然冒出一句：

妳應該是班上最漂亮的女生吧？

不料她竟回我一句：啊每個女生的爸爸都這樣說啊！

真的，妳好朋友的爸爸都這樣說？我真心在問。

是啊，都嘛這樣講，說他們的女兒最漂亮。女兒一邊梳理她沾到水滴的長髮，一邊露出覺得我驚訝是一件很奇怪的事的表情！

原來喔，每個有女兒的爸比，都這樣對他們的女兒灌迷湯啊！難怪難怪。我那些有女兒的朋友，都漸漸慈眉善目了！

我為什麼不是天注定有這個女兒呢！

我們夫妻婚姻的前幾年，不免吵架。有一次，老婆使出殺手鐧。她當著我的面，瞪著我，大聲的吼：你說，要是你女兒碰到你這樣無理的男人，怎麼辦？怎麼辦？

我，一時間答不上話。

我，我可能沒那麼差，但，在我女兒眼裡，我可以是更好一點的男人形象嗎？可以至少是，不惹老婆生氣的男人嗎？

我必須承認，她媽咪打到了要害。打到了一個注定有女兒，又注定要以餘生所愛，去疼惜，去解碼，何以爸爸這麼愛女兒的男人心思。

有一種愛，何以天下的爸爸都這麼愛他的女兒呢？答案就在，那男人望著他的女兒時，露出的眼神裡。

有一種愛，妳不在家，臭爸比能幹嘛呢？

有一種愛，妳不在家，臭爸比能幹嘛呢？大概，不過是喝著啤酒，翻翻書，望著那兩隻小魚，晃著，晃著，晃著吧。

女兒隨媽媽出國幾天。

她媽媽對我說：「真好啊，你有幾天清閒日子可過啦。」我望著女兒似懂非懂的眼神，忍不住擰擰她的肉臉頰，「真好啊，妳老爸我可以幾天不抱妳，不接送妳，可以睡好覺嘍。」女兒一臉不以為然。

才第一天，似乎沒啥差別。白天照樣忙碌，錄影、寫稿、上廣播，跟朋友談案子。朋友調侃我，「老婆女兒都不在，多爽啊，一塊去喝酒吧！」我誠心誠意的回他，「喔，不了，難得一個人，享受清閒啊！」傍晚，外帶一碗牛肉麵回家。吃麵、喝啤酒，上網，到臉書上按讚，找人哈啦，時光挺悠閒呢。

晃蕩了好一會。我看看手錶，哇，才九點不到哩！

整個家裡，靜悠悠的。

起身走到視聽室，這裡自女兒開始可以爬行後，就已變成她專屬的遊戲間、電視間。此時玩具整齊的各安其位，靜默中，明顯有一股小主人不在家的氣氛。

我拿起唐三藏、孫悟空、豬八戒、沙悟淨這一組布袋戲偶，試著在獨我一人的室裡，要弄一些常跟女兒戲說西遊記的片段。但講沒幾句，卻很不習慣一個人的旁白，太無趣了，遂隨手把唐僧師徒一夥人，拋進他們該落腳的紙箱裡。

電視也沒特別感興趣的節目。隨意看幾段新聞後，很本能的，把頻道轉到卡通台。

珍珠美人魚、光之美少女、海綿寶寶、派大星、麵包超人、少年柯南、我們這一家……，怎麼都不見了？時段不對吧，轉了幾次，找不到平日熟悉的卡通，也便算了。關了電視，這一室、一人的閒暇，適合讀書。反正手頭好幾本書，斷續的翻閱，正該好好的了結它們了。

我看書，很不喜歡正襟危坐。一卷在手，半躺半臥，喝咖啡、飲啤酒，都很搭配讀書。有了女兒後，喜歡大人陪著玩的她，每每看到我拿起書本，便愛湊靠過來，問我看什麼？幼稚園階段的她當然不會真感興趣我看的內容，可她愛摸摸我頭髮，翻一下我手中的書頁，或者過來假裝很想跟我做親暱狀其實卻只是要我放下書過去陪她玩。就在這樣的父女倆拔河一般，妳推我擋之間，一個晚上，就悠悠晃晃的過去了。然後，是我要她去刷牙，是她繼續賴著不肯，是我板起臉孔，是她撒嬌說肚子餓再吃一點東西就好。於是，一晚上就這麼極無效率的，過去了。不止一個晚上啊，有了女兒後，很多很多個晚上，都是這樣晃啊晃的，晃啊晃的，給晃掉了。

如果，你是一個以工作為重的人，真的，這樣的日子，可能令你嘆息。太沒效率了，不是嗎？但還好，我是個準備好了，要當爸爸的老男人。

女兒大到一個程度後，（每個小孩狀況不一，所以就以他們開始能以較完整的意思，而且喜愛發表意見作為判準吧。）從一早起床清醒後，她一張嘴，拉鍊就沒拉上過，除非她累到睡著！有時，還真是，還真是嫌她吵啊。

女兒四五歲以後，我常調侃她屁股裡絕對有一顆超級無敵電池，不然整個人不會像電動馬達，只要不躺在床上的時間，她整個身體都在跳躍。而嘴巴，則不停的講，不停的講。

她一聽我這樣講，會故意舞動屁股，扭啊扭的。偶爾不免被吵得煩了，也會叫她走開，叫她去找媽咪；以前她可能幽幽怨怨的走出書房，但效果呢，不會太好。若非不到幾分鐘後，她便又回來，便是她老爸我，坐著坐著，自己反倒不捨地回頭去哄她、去抱她了。

女兒上小學後，多半是我接送。我於是有機會觀察她彈簧一般的身體，沒有拉鍊的嘴巴，到底是特例還是小孩皆如此呢？

終於，在一個夏日的傍晚。我看到她跟兩位同學，在家長學生擁擠的校門口迎向我，女兒替兩位同學解釋說她們爸媽會晚點到，她們可以在我看到的視線範圍內，在近校門處的花園裡玩耍嗎？

女兒一邊講一邊跳動著兩腿，有趣的是，她兩位同學不約而同的，也在跳躍著。我問她們：不累啊？她們說：不會啊！女兒回得更妙：只要是玩就不會累！

我給了她們十五分鐘。其中一位家長到了，我跟她解釋，要她放心，而後我們閒聊。她跟我保證，要我放心，絕非過動，而是小孩皆如此。「但你放心，晚上她會很好睡的。」女兒同學的年輕媽媽，這樣對我說。

事實是，女兒揮手道別同學後，在我車上很快就打盹直睡到家門口。她畢竟會累啊！

我自己是耽溺於當爸爸的那種被糾纏、被依賴、被不斷干擾之喜樂的。

那感覺，總讓我會在茫茫的街頭人群中，在大樓升升降降的電梯裡，在紅燈綠燈日升月落的等待中，不時聽到一聲聲的召喚。甚至，當女兒大了，不那麼像以往黏膩般的喊我後，我走在街上突然聽到一聲稚嫩的爸比爸比呼喚時，仍會深情的望向那出聲的小朋友，看他們親子牽手走進人群裡。

女兒越來越大了，也越來越會察言觀色了。現在，我若一露不耐，她便會依靠過來，或以言語，或以動作，釋放出「可是我還是最愛你這個臭爸比啊！」的撒嬌神情。

於是我這臭爸爸，還能怎樣？不就是不爭氣的，或闔起書，或點滑鼠按儲存檔案，乖乖的陪她再玩一會。繼續讓每一個晚上，都停格在沒有效率的晃悠裡，這難道不是高齡奶爸，最該令人尊敬的宿命嗎？

才第一天呢，我竟坐在遊戲室裡，百無聊賴的發呆。

也許，這一夜，最好的段落，將是電話突然響起，女兒在遠遠的那一端，傳來一句「我最愛的臭爸比，你在幹嘛啊！」

有一種愛，妳不在家，臭爸比能幹嘛呢？不就是發發呆，等著，等著妳們母女回來嘛！

有一種愛，當女兒第一次糾正我「爸比那叫陰莖」

有一種愛，當女兒第一次糾正我「爸比那叫陰莖」！我還只是覺得意外，覺得好笑而已，畢竟那時她才五歲多，幼稚園大班了。我可以當成好玩的插曲，笑笑，沒事。

但，這次，當她媽咪很正經的，把關於陰莖的事，當成少女成長必經課程來談時，我，我就真的心情複雜了。我女兒，她已經十歲了。我還能沒事，笑笑，就算了嗎？

我女兒已經不必糾正我了。她自五歲那年，在給了我第一次關於她對男女性別、身體的認識，有超乎我預期之早之快的震撼教育之後，她對「陰莖」這器官，顯然就不至於陌生了。

這一切，要回到她五歲多的那個秋夜，我幫她洗澡的晚上。當時的紀錄如下：

晚上，幫女兒脫衣服，備水洗澡。慣例讓她先上廁所，免得進了浴室，沖了水，再喊尿尿，渾身濕答答，麻煩。

她坐完馬桶，輪我。家中兩個女人，老婆潔癖，女兒跟著學，我這半百熟男，在家遂養成坐馬桶尿尿的習慣。我還坐著時，女兒指指我那尿尿器官，我隨口說：「是ㄉㄧˇㄉㄧˊ呀，男生尿尿的地方。」她理應知道的。我跟媽咪常常趁洗澡、上廁所，跟她上一堂初級健康教育。

但這次，女兒沒像往常一樣回答，反而正經八百的說：「老師有教啊！」她指的應該是幼稚園老師吧！

哦，老師怎麼教？

老師說，那叫「陰ㄐㄧㄥ」！

我差點沒從馬桶上跌下來。陰莖，我當然懂，跟它混了五十幾年，豈會不知在「暱稱」之外，它還有正式學名呢！只是打從我女兒嘴裡吐出這詞彙，鐵定第一次！而且，從今而後，她勢將不止一次的知道，那玩意兒叫陰ㄐㄧㄥ！

我顯得不知所措，一則太突兀了，二則呢，則因太可愛了。女兒講這詞彙時，認真的表情，很可愛；她對咬字、發音的認真，尤其令我噴飯。

女兒咬字有個習慣，她對ㄣ與ㄥ之別，非常講究，但凡發ㄥ音的字，會特別著重，於是「陰莖」這詞，唸起來重音全在那ㄥ的鼻音上，小孩子音聲脆響，鼻音格外好聽、可愛。她媽媽回家後，我叫女兒當著媽咪面，再唸幾遍，一樣，她發ㄥ音的模樣，認真到令人發噱。那叫陰ㄐㄧㄥ。陰ㄐㄧㄥ。陰ㄐㄧㄥ。

但再多可愛，依舊掩飾不了女兒說出「陰ㄐㄧㄥ」這字眼時，當下給我的震撼。事後，我反覆想，我為何震撼？

女兒必須懂得這些男女健康教育的初級知識，我理解，不在話下。比起我這一代，直到國中，健康教育老師對第十三章，男女生殖器官專章，仍諱莫如深，叫我們回家自己看（也不知是看書呢還是看自己器官）。對照過往，時代確實進步了。至少，幼稚園階段就教了。

我對女兒改口ㄉㄧˇㄉㄧˊ為陰ㄐㄧㄥ的那一晚，最大的不適應，應該還是來自我內心深處，對女兒必須長大的一種感性抗拒吧！

（天哪，我那五歲女兒，襁褓中一路抱大的寶貝，竟然知道什麼叫陰ㄐㄧㄥ啦！）

我知道，很快地，一如我那群「女爸幫」朋友們，經歷過的、提醒過我的，每段女兒成長的過程，都將一一撕裂我心目中「女兒的意象」，而逐漸拼湊出未來一個「女人的形象」。

我將面臨女兒有一天，我要抱她時，她突然不讓我抱，或僅願側身讓我抱。朋友說，那是她發育了。

我將面臨女兒有一天，我說要去接她時，她支支吾吾，一反過去理所當然的老爸接送。朋友嘆氣說，那是她有個小男友了。

我將面臨女兒有一天，問她最近跟誰約會啊，她低頭不語，我正納悶，她媽咪欸一聲要接話，我恍然大悟說不必，她八成繼續跟那個渾小子約會，對吧！我朋友嘆口氣，老爸難當喔！

是啊，我知道，這一切都將自我女兒，懂得什麼叫陰ㄐㄧㄥ起，以後的六七年、十餘年，乃至於二十年裡，陸續發生。我能怎樣？只能一路兵敗如山倒吧！

我這可憐的老爸，只能趁現在，多抱抱她，多親親她，感性的抗拒。

那已是她五歲多時，幼稚園大班，第一次把陰莖唸成陰ㄐㄧㄥ的我的初震盪。但，她，一個五歲娃，應該是懂不了多少的。

但現在呢？她已經十歲了。身高可以到她媽咪的肩膀了，她穿來稍嫌大的衣服，她媽咪有時竟可以勉強穿上。這就意味了，女兒已經初步有了大女孩的雛形。就等假以時日，就等時光的某一鬨口打開，她就要蛻變成一個青春洋溢的女人了。

那天，她媽咪回家，順手扔了本書給我，說暑假要讓女兒一邊加強游泳運動，改善飲食的品質，一邊也要多跟她灌輸青春期的知識了，「你女兒呀，說不定過了這暑假，五年級吧，就會發育嘍。他們班上已經有同學發育了！」她媽咪非常輕鬆的，連珠炮式的，拋出一堆震撼彈。字字，句句，轟進我心頭。

是嗎？我那女兒，我幫她換尿布、擦屁股的女兒，要準備發育了。

是的！你那女兒，已經十歲，已經知道陰莖，知道陰道，知道男生親女生，女生親男生，叫做戀愛一部分的女兒，要準備發育了。

我手中翻著青春期男女應該知道的身體心智發育書，腦海中則翻騰著極其複雜極其微妙極其喜悅極其感傷的極難言喻之情。但，我總是要面對的，不是嗎？是啊！你總是要面對的。但，有這麼快嗎？她，我女兒，才十歲呢！是的，很抱歉，她是十歲，但今

之十歲，可不比以往你的年代的十歲，她們可是懂得很多的十歲了。

那晚，女兒睡著後，我親親她額頭，輕輕撫摸她的鬢角，她睡姿如天使。

我問她媽咪：剛剛給她讀了什麼，又講了什麼？

她媽咪淡淡的說：講了關於男人女人的發育，生殖器、身體會有怎樣的變化？男生女生碰到異性，會有如何的生理、心理的悸動，等等，之類的。

我說，講這麼多啊！

她媽咪回答我，還好，你女兒聽得津津有味，要睡之前，還說了一句：好酷喔，媽咪。

我親親媽咪的額頭，道聲晚安。回到我床上，一直在想，女兒說好酷的意思。

有一種愛，當女兒第一次糾正我不要再講ㄉㄧˇㄉㄧˊ，要唸成陰ㄐㄧㄥ的那一晚，我就該準備好，迎接她的成長進行式了！

有一種愛，已非單向的付出，而是她漸漸長大了

有一種愛，我期待著卻不免猶豫，當女兒越來越獨立。

但，沒有哪個父親，會不希望女兒獨立自主！會不開心，看到女兒亭亭玉立的身姿，站得越來越挺拔吧！

我們只是發自內心的，有一股淡淡的不捨，而已。

媽咪要跟幾個姊妹淘一塊出國。問女兒，跟爸比相處幾天沒問題吧？女兒點點頭。

但依偎在媽咪身旁，狀似撒嬌。

我接下話，「女兒！老媽不在，妳要是不聽話，我扁妳，可是沒人幫妳喔！」

女兒擠擠鼻頭，哼一聲，「看誰扁誰啊！」

接下來兩三天，我跟女兒商量，既然媽咪拋棄我們，那我們就跟上次一樣，她出國度假，我們就出門遊玩吧！

女兒點點頭，說不要去福隆了。她一直記得我們住的飯店房間很小，連我們吃福隆便當都是翻倒一只行李箱當桌子，吃的樣子很侷促。雖然，她滿喜歡騎子母單車，迎風穿越隧道的樂趣。

「那我們去宜蘭礁溪吧，剛好碰上童玩節，兩天一夜。」我提議。

「才兩天一夜啊，三天好不好？爸比。」換成她跟我撒嬌了。

「可是三天的話，我就要請假了。」我其實是怕太累。陪她玩，有時比上班累人。

「可是這暑假，你還沒帶我出去玩！」女兒幽怨了。

「誰說沒帶妳玩？不是好幾次了嗎！」我舉了幾個出遊的例子。

「我是說住在飯店，不回家的那種玩啦！」女兒抓到重點了。的確，暑假至今，我們還沒出去住過旅店，都是當天來回的一日遊。

「啊，嗯，喔，啊，爸比再想想吧。」我敷衍著女兒。

後來劇情發展是：

媽咪清晨天沒亮，出門了，搭早班飛機。

女兒八點多，翻身醒來，把我推醒，「媽咪出門了嗎？」

「四點多就出門啦！」「那我有醒來送媽咪嗎？」「有才怪呢，妳睡得跟豬一樣！」

「真的？那爸比你有醒過來送嗎？」「當然有啦，我是妳媽咪老公啊！不送怎麼行！我送媽咪上計程車啦！」「喔耶，那我們幾點出發去礁溪？」「妳再睡一會吧，飯店下午才check in，早去也沒用。」「好，那你陪我睡！」「不行，爸比該收拾行李了，住三天耶，帶的東西比較多！」「那爸比，你再過一小時叫我，一定喔。」

沒。錯。沒錯。最後我拗不過女兒，還是決定宜蘭礁溪三天兩夜遊。

不要問我，女兒是怎麼說服我的。真的，這樣只會讓我女兒以為她真的很有說服力。也會讓我太太，嘴角一揚，哼一聲，輕聲哼出她的輕蔑：什麼說服力？哪用得到說服力？

他女兒跟他唉呦幾聲、磨蹭幾下，他這老爸就連星星都會想辦法去摘，這叫什麼說服力啊！言下之意，家裡最具說服力的，非她莫屬！

但女兒嘛，相較於媽媽，在爸爸面前，通常也真的不需要什麼說服力。女兒每次拗不過我，就會靜默下來，不講話，自己默默的或看書或玩玩具。反倒是我，這時，腦中想的則是：該怎樣不失尊嚴的「轉場」呢？沒錯，我用的是「轉場」二字，轉我的立場成女兒的要求，但，要不失原則不失尊嚴不失立場不失……，欸，反正就是女兒又贏一次了！

就這樣，我們父女出發了。我開車，她坐車。兩個人，一個方向。我攜中型行李箱，她帶小型置物袋。我們沿路聊天，偶爾她打瞌睡。天氣炎熱，車內清涼。我們父女再度出遊了。

老婆早就提醒過我，別看女兒散散漫漫的，碰到玩耍的事，她可盤算得精明。我略有觀察，但總不如這回，我們父女同遊，來得這麼近身仔細。

一路上，女兒就計畫了她第一天的內容。

「爸比，我們 check in 後，先游泳，還是先玩飯店提供的兒童 DIY ？」

「我們先吃飯吧！到的時候都一點多了。」

「那吃完後，是先游泳還是先玩 DIY？」

「都可以啊。游泳怕太曬了，可以晚一點。但 DIY 要玩什麼？」

「有手做果凍。有沙畫教學。有涼扇 DIY。嗯，我想想，噢，還有做挫冰。」

「咦，妳怎麼都知道？」

「昨天不是電腦連線上英文課嗎？上完課，我自己上網查的。」

「噢！」我從後視鏡望望她。她微微得意的，側臉望向車窗外。那表情讓我直覺聯想到「怎麼樣，我是不是很厲害啊！」之類的得意感。

但，我還來不及講話，她又繼續規劃了。

「爸比，飯店的育樂中心有 Wii 喔！上次我們住的時候沒玩到，這次一定要玩啊！我要跟你比鬥劍，超好玩的！」

「妳又沒玩過，怎麼知道超好玩？」

「我在同學家玩過，超好玩的，你一定會喜歡，我們可以比賽。」

我們才沉默了一小段時間，女兒又說話了。

「爸比，那不然我們晚餐後游泳，游回來，睡前再玩撲克牌，好不好？」

「出來還玩牌啊，每天在家還玩不夠啊！出來就是要休息啊！」
「唉呦，玩牌就是休息啊！」

我們父女在礁溪，待了四天三夜。

她媽咪從國外打 line 電話連絡我們時，女兒告訴她我們要多待一天。她媽咪驚呀的說，還要玩啊？女兒回答她：因為沈叔叔知道我們來了，說要招待我們一天，不用錢的。

是的。接下來就是我們多待的一天，發生的趣事了。

朋友款待我們，特意找了家唯有在地人、老饕客，才知曉的小店吃海鮮。為了賓主盡歡，讓小朋友開心，還帶了幾位朋友，大家吃吃喝喝，不知不覺兩三個男人喝完一瓶多的威士忌。

搖搖晃晃回到飯店，女兒不肯進房。我又搖搖晃晃的，陪她看飯店安排的表演，玩抽獎遊戲，女兒沒抽到最大獎巨無霸法國麵包，我們又跑去麵包販賣部，借了幾個還算巨型的麵包拍照存念。

我終於跟女兒說，我很累了，可以回房間嗎？

女兒倒很乾脆，說回房間玩牌。

結果是，我記憶所及，我衣服沒脫，倒在床上。

我彷彿聽見女兒叫我多次。我彷彿聽見她在看電視。我又彷彿聽見她在叫我。我彷彿聽到她說再不起來就要拍照給媽咪看喔。我彷彿舉起我的右手朝她講話的方向比了個V字，意思是要照就照吧，別吵我就好。我彷彿聽見她媽咪打電話來。

但我午夜醒來後，卻清楚而深刻的，記下了我不會忘記的畫面。

空調聲中，我醒來。暈暈的，發現衣服都沒脫。我坐起身，看到女兒橫躺在旁邊的另一張床上，兩膝併攏豎起，沒蓋被子，床前閱讀燈亮著，枕頭上張開著一本書。燈下我端詳著女兒，睡得很熟了。很顯然，她一定是叫不醒我，最後拿了本書，讀著，讀著，讀著，便睡著了。

我拿了手機，拍下這張照片。她橫躺床上，與枕頭平行，枕上一本書，靜靜陪著她。

我女兒是長大了。懂得吵我沒用後，自得其樂的，打發她的閒暇了。

我親親她的額頭，扶正她的睡姿，替她蓋上被子，關上了閱讀燈。在空調規律的節奏聲裡，我躺了好一會才又睡去。我腦海中淨是她橫躺床中，一本書在枕頭上攤開，我想像著，她睡著前的模樣。

這是一種愛，已非單向的付出，而是她漸漸長大、漸漸懂事了。

有一種愛，女兒說她應該開始有一點叛逆期了

有一種愛，女兒依偎著我，說她可能有一點叛逆期了。

我搔癢她的胳肢窩，她呵呵閃躲，喊著：小心我有叛逆期喔！小心我有叛逆期喔！

女兒十歲以後，我們決定要讓她準備進入青少女階段（雖然我如此之不捨）。她媽咪睡前有空便陪她讀一些生理與心理相關的書。我則扮演從旁協助、補充說明的角色。（其實也就是插科打諢的意思啦！）她若讀得懂，便讓她自行當睡前讀物；稍嫌深難的，她媽咪便讀給她聽。

看起來，女兒興趣盎然，對即將進入的未來，充滿好奇。

當然，我的反應複雜多了。既欣喜於她滿成熟的迎接自己的青春期，卻也不免躊躇我眼前的童年純真般的小天使，不知將變成怎樣一個青春洋溢但我毫無把握的大女孩。

有一晚，她們母女比平日晚睡。我有點睏了，躺在床上迷迷糊糊。突然，女兒竄到我床邊，跟我呢呢喃喃，磨磨蹭蹭的，我半睜著眼，「幹嘛來吵爸比！人家很睏耶！累了一天。」

女兒繼續磨蹭。「你幹嘛要這麼累？你可以休息啊！」女兒頭貼著我的肚皮，如果我沒流汗的話，通常她會說我肚皮涼涼的，靠起來很舒服，尤其我洗過冷水澡又在冷氣房裡待過一會之後。

我捏捏她的臉頰，「爸比如果一天到晚在家休息，誰幫妳付學費、誰請妳出去吃飯、誰帶妳做黏土雕塑啊！啊！啊！」我故意把尾音拉高，還稍稍加重一些捏臉頰的力道。

「唉呦，你很煩耶，爸比！」女兒索性爬上我的床，擠在我身邊。

「妳才煩咧！幹嘛洗過澡不去睡覺，都這麼晚了。」我聞到女兒頭髮上淡淡的香氣。

「媽咪在回 line 啦，你是爸比，當然來煩你啊！」這回換女兒搔我胳肢窩了。「爸比，不要睡啦，跟我講話！」

「我不是一直在跟妳講話？不是我的話，難道是鬼在跟妳講話喔？」我繼續半睜著眼。

「唉呦，你要張開眼睛啦，不要假裝很睏啦！」

「什麼假裝！我真的很睏啦！」

但是我決定翻身起來，不睡了。

「好吧，誰叫爸比這麼愛妳呢！陪妳聊天吧。可是妳要先親三次！」我把臉湊過去，瞇著眼睛，等我女兒的親親。

「唉呦，等下說晚安時再親啦。先聊天。」女兒把我的臉推開。

「好吧，那聊什麼？」我坐起來，把女兒一把抱過來。她可以拒絕先親我，但總不能拒絕讓我摟著，她很聰明的，知道若連續拒絕老爸我兩次，她的要求肯定落空。

「爸比，我在讀一本青少年發育的書喔。」

「我知道啊，那本書是我跟媽咪一起挑的啊！」女兒溫順的，讓我撥弄她的長髮。

「爸比，我以後會有叛逆期嗎？」

我豎起耳朵。來了。今晚的重點，來了。我要小心翼翼。

「嗯，通常每個小孩都會有吧！」我謹慎回應。

「那你有嗎？爸比。」

「有啊，爸比有過，媽咪也有過啊！男生女生都會有。」我依舊豎起耳朵，小心謹慎的回答我女兒。

「書上說男生比較晚，女生比較早，對不對？那暑假過後，五年級，我的叛逆期會不會來？」女兒聲音似乎有點幽怨。

「不一定啦，我想應該還不會那麼快吧！不要擔心，爸比和媽咪都會一直陪著妳啊！書上不是也說過嗎？如果小孩子都跟爸媽保持很親密的關係，那叛逆期也不用太擔心啊！」我越講越沒什麼把握了。她媽咪不知 line 完了沒！真是的，在這麼緊要的關頭。

「爸比，那什麼是叛逆期呢？」

哇咧！這麼複雜咧！

我想了想。決定簡單一點。

「就是啊，小孩子會覺得，爸媽無論講什麼，都會覺得很煩！」

女兒聽了呵呵笑著。「那你以前會覺得奶奶爺爺很煩嗎？」

「會喔，奶奶現在還是會打電話給爸比，說天氣冷啦要多穿衣服。不要太累，要多吃有營養的東西。爸比就會跟奶奶說，好啦，妳兒子都有女兒了，知道啦！」我故意把「知道啦」這三個字，講得腔調很誇張。果然，女兒吃吃的笑著。

但我還是補上一句：「可是爸比現在不會嫌奶奶煩了！」

「為什麼？」女兒挽著我手臂。

「因為，現在爸比也是跟我女兒泠泠一直說，飯要多吃一點，水要多喝一點，對人要有禮貌，手機不要玩太久……對不對啊！」我趁勢捏捏女兒的小臉頰。

「唉呦，爸比不要捏了啦。爸比，你認真一點啦！」

應該換我唉呦一聲了。怎麼是我女兒要我認真一點了。好吧，我認真一點。「怎麼了，寶貝！」

「覺得爸爸媽媽煩，就是叛逆期嗎？」女兒認真的問。

嗯，事態怪怪，我當然要認真的回答了。

「只是大概的說法啦。每個小孩都會有一段時間覺得爸媽很囉唆，就算爸爸媽媽是對的，小孩也會覺得『我都知道啦，不要再說了，好不好！』大概叛逆期都會這樣啊！」

我試著講清楚。

「爸比，」女兒深情的看著我。

（我以後勢將記得這眼神，在她往後人生的每一次重大事情想要告訴我時，我都該記住這眼神傳遞的預告！）

「怎麼了，爸比的小寶貝？」我聽出我聲音裡的焦躁。

「爸比，那我可能有一點叛逆期了！」女兒似在懺悔，似在撒嬌。

（呼，我鬆了一口氣。還好，這應該是以後她的歷次重大預告裡，最讓我輕鬆的一次。但，我要認真對待，不要開玩笑，要繼續讓她覺得重大的決定都應該可以跟爸比聊聊。我要當我女兒的好朋友，要當她的好軍師。）

「怎麼說呢？」我摟著她，拍拍她肩膀。

「啊，有時候我就覺得你們很囉唆啊！有時叫我做這個做那個的，有時又不准我怎樣的，我就覺得很煩啊。」女兒看看我。我用眼神鼓勵她繼續。「但也不是每次都很煩啦！」女兒被我鼓勵到了，說了句得體的人話。

「但妳覺得爸比媽咪愛不愛妳？」我誠懇的，誘導她。

「愛啊，也只是有時候會有一點煩啊！」這回女兒真是撒嬌了。依偎在我臂膀裡。

「沒關係啊，只要記得爸比媽咪都很愛妳，妳是我們永遠的寶貝就行啦！有什麼不高興的事，就要說出來，不可以悶在心裡，知道嗎？」我拍拍她。

女兒突然跳起來，說要回去跟媽咪睡覺了。她親我一下，交代了一句：「不要跟媽咪講我剛剛講的喔！」我點點頭。

我喊住她，「不是親三下嗎？怎麼只有親一個！」

「剩下的，明天下棋時再親啦！晚安，爸比。」女兒關上房門，隔著門我聽到她喊媽咪我來嘍。她應該會跟媽咪撒嬌換按摩吧。

女兒真的慢慢長大了。

她依偎於我身邊，細述她心情的機會，應該越來越少。但我也知道這是人生單行道上，無可逆轉的旅程。

我關燈，側身躺著，彷彿仍聞到她長髮留在我臂膀上的淡香。

女兒真的一天天長大了。無論她再怎麼叛逆，在未來，我都會記住今晚，她跟我講的她好像有一點叛逆期的對話。然後，我會努力當她一輩子的好爸比，好朋友。

有一種愛，關於我女兒未來的叛逆期。

有一種愛，要妳告訴我：我該當一個怎樣的老爸爸呢？

妳日復一日的長大了，我越來越常問自己：該當怎樣的一個老爸呢？這不僅僅關乎怎麼愛妳，更關乎到我應該怎樣面對自己的中年、以及正逐步逼近的，老年。

我是個「老爸爸」，完全沒有疑問。

當妳唸幼稚園時，妳媽咪坐在一堆同學的媽媽們當中，她是那麼年輕而美麗。可我呢，實在難掩我的尷尬！多半的爸爸們平均應該都小我十幾歲以上，至少。有些可能還差到二十歲吧，我想。

女兒妳不能怪我，我四十四歲娶妳媽咪，四十七歲才迎接到妳。我不少高中大學的同學，那時孩子多半在高中了，有些誇張一點的，還甚至上了大學，如果他們在二十六七八就結婚的話！

而我呢，近半百之際，彎腰幫妳換尿布，半夜爬起來餵奶，輕哄醒來的妳繼續入睡。假日開車到大賣場，一口氣買幾包的尿布、濕紙巾、嬰兒沐浴乳等等，忙得不亦樂乎！

我完全沒有因為我的年長，而在當爸爸這件事上，佔了任何便宜。反之，我在很多其他的事務上，確實由於我資深，我閱歷多，我人頭熟，可以讓我給很多人一些建議與幫助。然而，當爸爸這件事，我甚且要向年紀比我輕，但當父親已經有數年經驗的年輕爸爸們請教。當然，那些有了兩個，乃至於有三個小孩的年輕爸爸們，更是我垂詢的典範了。

於是，女兒妳也就可以想見，我坐在那兒，在許多位妳同學的爸爸們當中，我是多麼的害羞而尷尬了。論年紀，他們應該喊我一聲大哥，至少。喊一聲uncle的，也不會太失禮，如果他們敢的話！論當爸爸的經歷，有些爸爸的兒子或女兒，跟妳同班的，竟是他們家的老二！除了謙卑的向他們請教致敬外，我拿什麼跟他們排資論輩呢！

於是啊，最可能的畫面，一如日本偶像劇。我們聊著育嬰養兒顧女的話題，說著說著，只見我欠身而起，很恭謹的彎腰鞠躬，對他們說：「是啊，關於養小孩這檔事，我雖然長您多歲，但實在是經驗欠缺，諸事不懂，還請您日後多多指教，多多指教！」

但我想，妳同學的爸爸們，應該尷尬多過於我吧！

有一位妳同學的爸爸，就曾連忙彎腰向我致意：「啊，蔡大哥您快別這麼說，我高中時，就讀過您的文章呢！」

還有一位妳同學的漂亮媽媽，看到我也連忙恭敬的說：「啊，蔡大哥您別客氣了，我跟您太太是國中同校不同班，以前就很仰慕您呢！」所以她的意思是，她至少也小我十六七歲呢！

我能怎麼辦呢？我親愛的女兒。當妳同學的年輕爸媽這麼說時，我嘴裡正準備問出的一缸子問題，一下子，似乎都卡在喉嚨的聲帶之間了。因為我正想問問他們：哪個牌子尿布，更柔軟一些？預防吐奶，要怎樣輕拍女兒才不會覺得不舒服？為什麼我女兒的股間那些濕疹都很難好呢？女兒不肯喝奶時，可以替代哪種副食品啊？

我比他們、她們，妳同學的爸媽，都大上了十幾歲，他們會不會用奇怪的眼光看我：咦，大哥您不是什麼都很懂嗎？

但還好，我親愛的女兒，我只是那一瞬間很猶豫，接下來的畫面仍是，我非常謙虛的問了很多我做一個新手老爸爸必須要問的問題。而我，也得到很多的幫忙。我能把妳帶得還不錯，就證明了我從妳同學爸媽那裡學到的經驗，是很有助益的。

我從來沒有因為我是個人生閱歷豐富的老爸爸，就輕忽了面對妳的降臨我應該也必須做好的一切準備。沒有人是天生會做爸爸的，也許他生性愛小孩，在接納小孩誕生這個開端上，他會比心態還沒準備好的爸爸，來得稱職許多。不過，每個孩子的誕生，都是一個新生個體的出現，過去有哥哥姊姊的經驗，並不保證對這個孩子一定有效，何況是第一個寶寶的蒞臨呢？每一天，每一月，每一年，孩子都在迫使我們爸媽要因應全新的變化，沒有人可以說他掌握全局！我們只是不斷的熟悉昨天，適應今天，等待明天，而孩子就那樣一天一天的，長大了。

我熟悉妳的每一天，都一天天過去了。清晨我睜開眼，過去叫醒妳，幫妳備好早餐，送妳上學的「每個今天」，我都在適應新的變化，而一到入夜，妳熟熟睡去，那一天，我已經熟悉的今天，就過去了。而明天，明天又是一個新的摸索。

做為一個新手老爸爸，我難以理解何以有人把當爸爸這件事，視為理所當然？又何以能輕鬆的說：那不過是輕而易舉的事啊？

我從替妳包尿布開始，就從來不覺得厭煩。每一件關於妳的事，在我，都是如此奇妙、美好又新鮮的嘗試。

妳吐奶時，我輕拍妳。妳竟然打嗝！四五個月大的女娃兒打嗝？

妳大便了，我擦乾淨便便，換好新尿布，發現妳瞪大眼睛望著我，我總覺得妳眼神在說謝謝。

妳生病了，我們坐在急診室裡，焦急的家屬，待診的病患，穿梭往來，我抱著妳，妳媽咪在張羅掛號，我輕聲哄妳，妳緊緊抱住我。

妳上幼稚園了，頭幾天死不肯上車，媽咪陪著妳到學校，我一路眼睛盯著娃娃車，直到消失於轉角。我想到我小時候比妳更狠，還翻牆跑回家呢。

妳交了新朋友了。有時，朋友比爸媽還親密了。我們陪著妳跟同學一塊出去玩，出去吃飯，我們想做妳跟朋友之間最好的保母，兼保鏢。

我從來不覺得當一個爸爸很輕鬆，可我卻多想流連於那些可以抱妳、親妳、近身照顧妳吃喝拉撒的日子啊！儘管那些日子一天天的消逝於生命裡的許多轉彎處！

所以我親愛的女兒啊，我知道我當個爸爸的資歷實在太淺，不過十年而已。以後，妳青春期以後，未來的未來，我要學的一定多到超乎我的想像。

我承認，我惶恐，我擔心，但我不怕。

就跟以前一樣吧，我總是會謙虛的站起來，彎腰致意，向那些孩子已經過了青春期，進入青年階段的父母們，繼續請教當一個好爸爸的各種可能。

我是那樣愛妳，以至於「老爸爸」這個角色，我竟如此的熱愛，遠遠超乎我生命裡其他的經歷。

有一種愛，我必定時時在問：我該怎樣當好一個爸爸呢？

我親愛的女兒，妳漸漸長大了，這答案裡，有一大部分，要妳未來慢慢告訴我！

有一種愛，教我們懂得施與受

有一種愛，教我們懂得施與受。即便平凡，那又如何呢！

妳記得何爺爺的，因為這些年，每年回爺爺奶奶家過春節，我一定帶妳去何爺爺那，跟他拜年。我會送他一個紅包，當然他也會給妳一個小紅包。

妳一定要記得的，以後，妳再也不會見到他了。就這個週末，前後不過兩天，我跟妳提到他生病了，也就在那麼兩天之間，他離開這世界了。

週末，妳慣例要去學校練團。

我幫妳做了簡單的早餐。出門前，妳問我：你要去哪裡？

我驚訝妳這樣問。

「因為平常你不會這麼整齊啊！今天週末啊！」妳瞪大眼睛，望著我。

我在車上跟妳解釋，送完妳，要趕去龍潭探望何爺爺，他生病了。病得很嚴重。

「要住院嗎？有幫他打點滴嗎？」這是妳對嚴重與否的判斷。

「何爺爺已經住院了。奶奶爺爺昨天都去醫院探視了，爸比今天才有空啊！」

「何爺爺什麼病？」

「應該是中風！」

「什麼是中風？」

「就是突然昏倒，有的人就不會再醒過來。有的醒過來，卻可能沒辦法動，沒辦法講話之類的。」

「那何爺爺很嚴重嗎？」

「嗯，這次很嚴重。所以爸比一定要去一趟啊！」

下車前，我捏捏妳的手，這是我們每次到校時，形同說拜拜，形同父女間親暱的儀式。

我懂，妳也懂。

「那你中午會來接我嗎？」妳抬頭問我。

「不一定，若趕不及，媽咪會來接妳。」

「爸比愛妳喲！」我輕輕揮揮手。

妳回頭看我，也回了一句「爸比愛妳喲！」這又是我們父女的祕密對話方式。妳重複我的句子，表示我們父女同心。妳走進校門內。

車子在高速公路上奔馳。我的心有點浮動。

何伯伯這次狀況很不好。老媽打電話來時，口氣顯得焦慮。何伯伯在家裡昏沉了幾天，前天突然醒來，起身想走走，不料一個不穩，摔倒在客廳裡。先說沒事，半天之後，卻陷入昏迷。

這已經是昏迷在醫院的第三天了。

醫生不建議動手術，年齡太大，腦幹壞死的情況很糟。年邁的伯母，只能在一旁啜泣。

我趕到醫院，剛好巡房的醫生在。說法大致沒變，而且狀況更不穩定了。

我在病床旁默默的，坐了許久。呼吸器維持著何伯伯勻稱的呼吸聲，他肺部積水，一吐一吸之間，喉嚨有痰。醫生說除非奇蹟，否則……他看看我，我點點頭。

醫生離開後，我摸摸何伯伯的額頭，溫溫的。但手掌卻冰涼冰涼。他的手掌渾厚，我小時候，牽過他的手，去過不少地方。他那雙厚重的手掌，也下過多次的肉絲麵，炒過多次的蛋炒飯給我吃。

我在他耳旁喊了幾聲，「我是小萍，我來看您啦！您不要擔心，我會幫忙照應的。您要加油啊！」他閉目安詳，呼吸器一抽一搭的。病房的週末下午，外面長廊有著出奇的安靜。

何爺爺是老爸的同袍好友。但年齡長老爸六歲。已經九十四歲了。當年被迫離開故鄉，跟著部隊來台灣，沒錢沒學歷，一輩子都是低階軍人，年紀大了以後，閒散在人事單位裡打雜。一生磊落，憑自己勞力生活，個子不高，但肩膀挺得很直。八十幾歲時，還能四處坐車獨自趴趴走，生活的態度要比我老爸豁達多了。

何爺爺一輩子單身，總以為可以回去故鄉。一耽擱也就耽擱到快七十歲。他是回去故鄉看了看，可不久便回來了。他是孤兒，自小就孤伶伶。回去看看只是了一個心願吧！反而這裡已經是他的家了。雖然他還是孤苦的老單身漢。雖然他住的狹小房舍，如此之簡陋，如此的像違章建築。

他近八十歲，才娶了一位小他沒幾歲的寡婦，兩人相依為命，相互扶持。

何爺爺與我們家幾個孩子感情特好，尤其跟我。

我是長子，出生於老爸那一群渡海來台的低階軍人，飄零於這島嶼約莫十年光景的時間點上，他們遂對我的誕生有著既感嘆自身命運，又讚嘆生命奇妙的混雜情緒。老媽常回憶，我嬰兒時期被他們幾個大男人抱來抱去，呵護備至，顯然十分歡樂的畫面。

何爺爺更特別的是，他真把我們家當自家的親人看，我們四兄妹，食指浩繁，每每開學交學費的時候，爸媽便拮据不堪，都是靠他伸出援手，用他省吃儉用的存款，幫忙度過難關。而他，只是一個沒受過什麼教育，一輩子低階軍人的單身漢而已。

我離開醫院，回家的路上，心情如同陰鬱的天空，雲層積厚，氣溫燠熱，隨時可以迸出傾盆大雨。

我打電話跟媽咪說，讓她去接妳下課，我想靜一靜。媽咪說帶妳去吃午飯，逛逛再回家。

那個下午，果然風狂雨驟，下了一整個午後，一整個晚上。

妳很乖，知道何爺爺狀況不好，知道我難過，沒來吵我。

隔天，媽咪把外婆接過來，讓她在我們家靜靜的坐著，聽音樂，讓妳趁做功課的休息空檔，陪她動一動，講講話。失智的外婆，特別嫻靜，坐在那，像優雅的雕像。妳說，要彈鋼琴給她聽。我在客廳，望著灰暗的天空，發呆。琴音在沉滯的空氣中流動著。

中午時分，大弟通知我何爺爺還是撐不過去，走了。

我默默坐著。妳媽咪走過來看我。以眼神問我，我的濕紅眼眶，回答了她。她拍拍我肩膀。

一個再平凡不過的老兵，走了。若不是他在年近八十，娶了一位朋友的遺孀，兩人同棲一座屋簷下，互相老來伴，他的走，就連個親人都沒有。

他不過是那年幾十萬軍人倉皇逃出大陸的滄海一粟，一生平淡平凡，唯一會被世人提及的，也僅僅是「老兵」這個集體名詞而已！

但，女兒妳要記得他，何爺爺。

我們一生會碰見的人很多。但值得妳記得，甚至感念的人，卻不一定很多。

有些人對妳好，很合理，像我跟妳媽咪，像妳爺爺奶奶外公外婆，像妳阿姨像妳叔叔像妳姑姑等等，因為我們是親人。我們疼妳是天性。

但有些人對妳好，卻是超乎這些親人血緣關係的，他們只是善良，只是基於一種友誼與人生的機緣，而會在妳需要幫助的時候，毫不猶豫的幫妳。

妳若問他們為什麼呢？

他們多半靦腆的笑著，說不出什麼大道理，只能以簡單卻堅定的句子告訴妳：也沒有怎樣啊！就是幫一點忙而已啦！不要再說啦！

我們一輩子碰不到幾個這樣真誠的朋友。

妳爺爺奶奶很幸運，在那飄搖、貧苦的年代裡，他們碰上了何爺爺。

妳爸爸我，尤其幸運。我在何爺爺的含蓄、靦腆、親切的關愛下，體會過那種非關親情，卻形同親人的疼愛。

有一種愛，教我們懂得施與受，即便平凡，那又如何呢！

我們一旦領受了這些，在漫漫長路上，總是不會寂寞的。

有一種愛，在病與痛的體會中，不斷行進

有一種愛，在病與痛的體會中，不斷行進。
女兒怯怯的問，一定會打針嗎？
我摟著她說，應該不會吧。

但護士走過來，拿著一支針筒。
女兒眼淚立即湧上眼角。
醫生說還是得抽個血，驗驗看，是細菌感染還是病毒感染。

護士安慰女兒，這不是打針，只是抽血。

女兒的認知裡，打針抽血都是一樣的，只要是用針扎進皮膚，她一概以打針視之，一概公平以眼淚回應。

我只好把她摟進懷裡，要她別看。護士拉她的手臂，繫上橡皮帶，以手指輕輕拍擊女兒的掌背，要找一條最鮮明的血管。女兒在我懷裡啜泣了。欸，針還沒扎進皮膚呢！

終於，護士找到適合的血管了，她欸一聲說，你女兒的血管好細啊，不好扎針。

話才一說完，女兒便哭出聲了。上回在另一家醫院，護士就是在她手臂上，扎了三四回，才扎進適合的血管，痛得女兒哇哇亂叫。所以只要她一聽到血管很細很小很不好扎這類的字句，她就知道又要多挨幾次針了，怎會不哭呢！

我摟著女兒，輕聲安慰，同時跟護士使眼色，要她盡快扎針，免得越拖時間我女兒越感覺恐怖。

還好，這位護士一針到位。

幾分鐘便抽完三針筒的血液。留下我跟女兒坐在急診室隔出來的臨時病床上。離開時護士還交代了，約莫要等一個小時，才有初步的報告。意思再清楚不過了，坐在這等，無濟於事。我們父女可以去走走，或吃個午飯。

女兒說她吃不下。我說我也不餓，那不然爸比帶妳走走吧，運動一下。女兒牽著我，慢慢走著，還是在啜泣中。

連續兩天來看急診了。

前一晚，女兒夜裡不舒服，掛了急診。但醫生似乎沒看出什麼病源，開了藥，吃了也沒什麼見效。

折騰一晚，女兒一夜沒好睡。隔日早晨，再帶她掛急診。換了位醫師，而且是小兒科的，對病情講解較清楚，了解之前的用藥後，這次也換了不同的處方。我的心，比較定了。打了個電話給媽咪，告訴她別擔心，我們還要在醫院多待一會。

打完電話，我們父女緩緩走在醫院的迴廊裡，週末的早上，病人不少，醫護人員穿梭往來，不少病患與家屬，坐著，站著，走動著，多數都在等。

我們父女也在等。

看病不就這樣嗎？用等待，用時間，用一次試一次的耐心，找出不舒服的根源。再等醫生的診斷，等醫生的開藥，等藥師的調製，等繳交費用，等停車場的出場。

我是成人了，當然懂得看病也是一種磨練，忍著病痛，耐著性子，等待與醫生的邂逅。等待與痊癒的再相逢。

可我女兒哪懂呢？

她跟所有的孩子都一樣吧，即使有病有痛，若能不看醫師，最好別看。就算非看不可，須打針的最好換成吃藥，吃藥粉的最好換成藥丸，若都成定局，一項都跑不了，那也得啜泣哀號一陣，好換來爸媽的不捨，好換來之後可以跟老爸老媽討得的小禮物！我太了解我女兒了，即使生病，她也精打細算！

我太了解我女兒了。雖然小時候，我處的環境比起我女兒差得很多，可是，一旦生病，一旦哀哀痛痛的生起病來，我爸媽的憂戚，是完全寫在臉上的。

可是我跟女兒不同。我不怕打針，卻嫌惡吃藥。挨一針，不過痛一下子。吃藥卻往往連續好多天。大概我不怕打針在村子的診所出了名吧，每次去，那位白髮大夫一定幫我打針。我弟弟挨針，挨久了，屁股上常常一股烏青，要靠我老媽用熱毛巾敷。我則無事，天生一副愛打針的屁股。

我的年代，有一種針，特別有效，似乎每種疑難雜症，一打就藥到病除。我始終搞不清楚那是什麼，只記得醫師先在一小瓶藥粉裡注入藥水，搖一搖，勻了以後，再抽進

針筒裡，注射進屁股時特別痛，醫師囑咐要多揉揉，不然會有硬塊。小時候，每次打這針，我老媽便死勁幫我揉。打針痛只一下子，她使勁揉的痛反而更讓我哇哇叫。

我依稀記得，若我成功的因病而不用去學校，老媽會幫我煮一碗碎肉粉絲湯，熱呼呼的吃，特別香。下午，睡午覺前，老媽會讓我先躺在她膝蓋上幫我掏耳朵。原本頭暈眼花的我，此刻，一碗熱湯下肚，再讓老媽輕掏耳垢，不一會便睡著了。我老媽身上有股淡淡的味道，說不上來，但我躺著，聞著，心很篤定。

現在不流行幫小孩掏耳朵了。

但那次女兒肺炎住院，我跟她媽咪輪流在醫院陪她。我陪的時間，多半是晚餐後，我推輪椅，她掛點滴，我推著在院區裡四處逛逛。回到病房，擦洗身體後，輕拍她入睡。她的耳朵貼在我胸前，呼吸勻稱的睡著了。我輕輕拍著她，我注意到她的耳朵彎曲弧線跟媽咪一個樣。

所有的，有父母疼惜的孩子都知道吧，只要躺在爸媽的身邊，一切都不用擔心。

女兒很小的時候，我就注意到，她的哭聲總像撒嬌。一個兒童心理專家告訴我，沒錯，若仔細觀察孩子的哭聲，可以辨別出有爸媽疼愛的哭聲，確實是撒嬌，因為一哭便可喚來貼身的疼愛。而，缺少父母之愛的孩子，哭聲總令人鼻酸，因為那裡面有淡淡的絕望。

我不捨的撫拭著女兒的頭髮。

她有點累了，掛著點滴，頭靠在我身側，輕輕的打呼起來。

急診室裡，總是穿梭著急切的腳步，慌張的面孔，驚慌的孩童哭泣聲。

看我女兒這樣安靜的打呼，我有著平安的幸福感。我可以讓女兒安安穩穩的在急診室裡睡著呢！

我老媽當年幫我掏耳朵，看我睏睏的睡去時，心情應該也是一樣吧！

有一種愛，在病與痛的體會中，不斷行進。連結了我們的過去與現在。連結了我們對平安是福的細緻體會。

女兒張開眼問，要回去了嗎？

嗯，再等一會，點滴打完，爸比就帶妳回家。

有一種愛，行蹤飄得再遠，心思總懸著

有一種愛，行蹤飄得再遠，心思始終懸著。懸著一顆中年以後的心思，人生如何可以求得一道平淡的奮進啊！

快到校門前，利用紅燈的空檔，我回頭把臉湊過去跟妳說：「爸比就要出國了，都不講一些捨不得爸比的話喔！」

妳把我的臉推回來，「等一下啦，到學校再說啦！」妳繼續吃我做的三明治。

好吧！女兒真是大了，很難再像以前，要親就親，予取予求了。（唉，不無傷感。）

早晨送過女兒上學，回家就要快速整理行李，準備三小時後趕赴機場，接著一個禮拜的國外出差。

之前，猶豫了一陣，要不要「拋妻別女」一個星期？

但女兒給了我意外的答案。

「爸比要出去一星期呢！」我看看她。我們在玩撲克牌，今天鬥兩人橋牌。

「我也要出去呢，要去內蒙古。去八天喔！」女兒神情篤定。看她手中的牌。不忘瞄瞄我，想從我臉上一探我的牌底細。我教過她，觀察對家的表情，有時可以猜出是真有好牌抑或虛張聲勢。

我很意外。我是說她說要去內蒙古的事。之前，曾聽她媽咪提過，但，總以為只是說說吧，放她一個人跑出去，總有點捨不得，有點不放心。

「我要去。我要跟芮內、朵拉、妮娜她們一塊去。」女兒繼續說。

聽她口氣，完全沒有跟我商量的意思。

「媽咪答應了嗎？」我在奮戰。

「應該算是答應了吧！」女兒丟出一張紅桃，我缺門的牌。她得意的笑笑，吃到我了。

「那也不一定妳就可以去啊！不是要甄選嗎？」我仍在掙扎。

「一定會過的啦！」女兒很自信。

「有甄選就會有競爭啊，怎麼那麼有把握啊？」我這缺了紅桃的罩門，一下子連丟四輪牌，看來女兒要贏了。

「唉呦，爸比你忘了啊？我們不是當過接待家庭，我又在歡送晚宴上表演才藝嗎？這樣一定會被選上的啦！」女兒的篤定，原來也自有她的盤算。

她真的長大了！

我丟下手中最後一張牌。跟她說，妳贏了。

女兒還是認真算了算牌，然後「耶」一聲，用誇張的啦啦隊姿勢，慶祝獲勝。

「耶，爸比我贏了你，比 just make 多四墩喔，這算大贏吧，我很厲害了吧！耶！」女兒在原地站起，轉圈圈。

這是我們父女的日常遊戲之一，我教她玩兩人橋牌。我贏的機率高，但她也越來越會記牌算牌，贏我的次數漸漸多了。我們無論誰贏，都要誇張的大動作，以示勝利。

就這樣，她說服她媽咪，要在暑假去一趟內蒙古。跟上次當地小學生來台灣一樣，有參訪，有才藝交流，也有到接待家庭待兩天的安排。女兒很興奮。

我則很複雜。我是指我的心思。

女兒一天天大了。我當然知道，她自會有一天，就像個分水嶺一樣的，分別出今天之前的她，以及，今天之後的她。之前的她，還是依偎於我身旁，撒嬌的小女生。之後的她，便一日日的，長高，長大，長成一個大女孩的獨立、自主，與自信。

這都不是一夕之間的突變，而是一天天的累積。像是水慢慢漫過了堤防，樹漸漸越過了牆頭，我們突然之間便發現了，一切都改變了。

每個有孩子的朋友都說，差不多吧，就五六年級，孩子就會像個大孩子了。有主見，有個性，有的還開始會輕輕的叛逆。但，最讓你心碎的還是國中以後吧！他們會以凡事嗆你，作為構築自己有主見的城堡。那才是你辛苦的起步，大概也要經歷個五六年、六七年吧！

我怔怔的聽著。

知性上，我全懂。感性上，我茫然。

該來的，當然是要來。可是，我們心底不都是妄想著最好不要來，最好晚點來嗎？

但，漸漸的，我的理性是提醒我，要注意女兒的蛻變了。也許，不，就是最近，她慢慢的蛻變了。

「好啊！」我認輸後，在收拾撲克牌的空檔，對女兒說：「我們應該會讓妳去，但是，妳要認真的參加甄選，想要去，就讓自己通過甄選啊！」

女兒笑一笑，「我一定會過的啦！」

女兒一把奪走我快收拾妥當的撲克牌。「別賴皮，爸比，說好的，三戰兩勝制啊！」「什麼時候說好的？」「就昨天啊，你說今天功課提早做完，就可以玩三盤撲克牌，不能賴皮！來，洗牌吧！」

車到校門了。我等女兒把最後幾口飲料喝完。她問剩下的早餐可以帶進去教室嗎？我點點頭。

我們下車，在紅綠燈前站著。這時間，到校學生正多。

女兒牽起我的手，我看看她。「爸比會想妳喔！」她點點頭。

我們穿過馬路，到校門前，我把便當盒遞給她。她終於跟我說了我們即將分開七天的親密話。

「爸比，等你回來，我們可以好好的玩幾天了，因為剛好考完期末。你可以陪我去游泳。」

我點點頭。心想這就叫親密話啊！我們可是要分別七天哪！

但女兒快步走進大門了。我站著，望她背影。

她回頭看看我。我揮揮手。她也揮揮手。她轉彎，背影消失了。

三天後，我人在長白山上。她媽咪傳來一張照片，女兒伏案寫字。她媽咪說，正在複習功課，週一考試。

我傳了一個 line，說我在長白山上，六月天了，白天竟然也可以十幾度而已。

我很想念她們，我的妻子，我的女兒。

過一會，我接到 line，「不要吵我們溫習功課，媽咪愛你，我也愛你。」看語氣，像是女兒傳的。我回傳一個 kiss 的圖檔。心底溫熱溫熱的。在十幾度的長白山上。

距離回家的日期還要再等四天。

有一種愛，行蹤飄得再遠，心思總懸著那個固定座標的家，家裡的人，家裡的記憶。

雖然，也不過是柴米油鹽，吃飯睡覺，聊天吵架之類的，瑣瑣碎碎的家常小事而已。

有一種愛，我疼妳如命，但我豈能保護妳一輩子呢？

有一種愛，我疼妳如命，但我豈能保護妳一輩子呢？

當然，如果能夠，我必保護妳一輩子，如同每顆當父母的心。

早晨，一如往常，做好三明治，送妳上學。昨晚晚睡了，妳有點起床氣，不太說話。

我們父女沉默的往前走。但妳早餐胃口不錯，我從後視鏡裡不時看妳一口接一口的吃。

妳注意到了，問我今天三明治怎麼做的？

我說把巧克力夾心餅乾剪碎，均勻的撒在一片吐司上，再剪幾片話梅，然後夾上另一片吐司，用模具切出，就成了蔡爸爸為女兒做的三明治了，酸甜酸甜。

切剩的吐司邊，烤箱烤十分鐘，是我女兒最愛的脆片吐司條。

女兒沒再說話，吃得津津有味。無所謂，這就是早餐車老爸，得到的最好回報了。

車到學校前，妳突然提醒我以後家長都不能進校園了。「換證也不行嗎？」我回頭問，順便要妳別把吐司屑弄得一位子都是。

妳搖搖頭，都不行了，換證也不行。

我沒跟妳爭辯。小學生都差不多吧，學校規定的都是絕對值，老師交代的都是唯一答案。家長不必太計較。

到了校門，果然比平常多出兩位學校的老師，在管控校門前的秩序，不遠處，還站立一名警員。

女兒當然也知道，是因為發生了一起校園被闖入的事件，一位學童無辜喪失了生命。一時間，各個小學突然都警戒起校園的安全。

我把便當盒遞給妳。拍拍妳肩膀。說自己要小心啊！妳點點頭，迎向校門走去。我站在對街，望著妳，妳沒有回頭看我，卻跟旁邊靠近妳的一位小女生打起招呼，大概不是同班，便是樂團裡的朋友吧！

我在回家的路上，總想著妳。竟然連接送妳上小學，也都四年了呢！過了暑假，妳就是所謂高年級生了！

我那迎面撲來，笑盈盈鑽進我懷裡的娃兒，就要高年級小女生了，聽說，會越來越難搞！所有當爸媽比我早的朋友，都這樣提醒我：是啊，要知道慢慢放手嘍！

在懂得放手與不捨得放手之間，本來就是做爸媽的宿命吧！

我們都知道要放手，但何時最恰當呢？

沒人真知道吧！

我們只能在孩子與你互動的過程裡，不斷的提醒，提醒自己要懂得孩子的眼神，孩子的口氣，孩子的心思。

「碰到了女兒的不悅，就先試著按捺自己的情緒吧！」她媽咪提醒我，「免得失去了她想告訴你什麼的機會啊！」

於是，我學著，深呼吸，深呼吸，深呼吸，當女兒開始頂撞我的某些意見時，當女兒用沉默不語來回應我的某些要求時。我想起她媽咪的警告，我，深呼吸，深呼吸，我深呼吸。當然，偶爾，也深呼吸到喘不過氣來，還是開口飆罵了！

但，飆罵的效果，真是難說，有時似乎有效，有時則真的會失去她跟你說某些心事的機會。

我開始覺得，有個雙子座的女兒，是件不容易的差事了！

但，我真是愛自己的女兒啊！

若能保護一輩子，我無論如何也不會退卻我的責任的，但怎麼可能呢！怎麼可能一輩子護衛妳呢！

即使我能，妳也未必會願意，一旦妳越來越獨立成一個完整的個體時。

妳童言童語的話語裡，曾經有一段是：爸爸你可以活到一百歲嗎？

我盡量，為了妳，我寶貝女兒。但妳幹嘛要我活到一百歲呢？

「你不是說過，要抱我起床一直抱到一百歲嗎？」

原來那是我們的對話。每當妳賴床，我硬抱妳起床上廁所時，我會調侃，都這麼大了，看要我抱妳起床抱到什麼時候。妳就會撒嬌的說抱到爸爸你一百歲啊！

一百歲，應該是妳體認到的數字的極限吧！就跟一百塊對妳的零用錢意義一樣。意味著很多，很久了。

但一百歲，有多難啊！

不只是軀體的極限，也是我們心靈忍受世間風雨的極限啊！我們都知道，那是不容易的。可是，一旦我們有了感情的牽絆，有了人與人之間，感情的寄託，感情的責任，我們就會願意多活幾年，用這多活的歲月，去陪伴，去等待，那些其實再平凡不過的生命輪迴。

我指的，不是很玄的那種生命輪迴，而是我們每個平凡生命個體裡，應該有的起承轉合，起落跌宕，成長，好奇，探索，相遇，失落，振奮，結合，分手，孕育下一代，終至於，我們也結束自己的人生，等等，這樣的一連串輪迴，我們的父母親走過，我們正在走過，我們的子女也應該要走過的。

然則，我豈能保護妳一輩子，要妳平安的走過這一切呢？

我總不會忘記，我小學時，有位交好的鄰居，同班同學。小學沒畢業，他就溺死在我們常去戲水的大圳裡。那是我第一次了解什麼是死亡。其實也不完全理解。只知道，就那樣，一個暑假裡，一個鄰居玩伴，一個每天一塊上學的同學，就那樣消失了。他的母親哭到昏厥，哭到漸漸枯槁，哭到心神恍惚，最後離開了我們的村子。

我長大後，不時會在溺斃的社會新聞裡，回想到我的同學。我慢慢模糊了他的模樣，但隨著我當了爸爸，當了年邁雙親的大齡長子，我更加了解了我們做為生者的義務，我們要努力的，好好的活著，為我們已經連結出的感情網絡，扛起我們的責任，一天接一天，一年接一年的。

我們是不能保證所愛的人，一輩子平安一輩子幸福，但我們有責任在我們可以的範圍內，極盡我們之所能的，去愛，去疼。

這就是愛啊！一種或許過於天真的想望，一種或許過於愚騃的奢望，可是依憑著這些，便可讓我們的孩子在天地之間，終其一生，感受到有一股暖意，永遠迴繞著他們，不至於孤單，不至於寂寞。

有一種愛，我疼妳如命，我的確不能保護妳一輩子，但我一輩子會以這個使命，當成一個爸爸的驕傲。我全力以赴。

有一種愛，我看著妳背影，心底有很多話

但，我沒說出口。只是向妳，揮揮手。

有一種愛，我看著妳背影，心底有很多話。

「妳一定要多喝水，要注意早晚溫差啊！」我說。

我知道。妳回答。

「記得擦防曬乳。到了飯店就問問他們的 WiFi，如果連不上線，就請教老師啊！」

她媽咪說。

我知道。妳回答。

我們當然還提醒了好幾項，妳都是說：「我知道啦！」

突然之間，媽咪跟我說，該走了吧，女兒應該都知道了。

女兒要離開家十天左右。先集訓兩天，出國八天。

一個到內蒙古的小學生參訪團，數十位來自台灣各地的小學生，一起到大草原認識當地的小學生。去年同樣的團體來自內蒙古，女兒接待了一位小女生，住在我們家兩天一夜。今年對方回邀，女兒堅持要去。我們還在猶豫呢？女兒不但報了名，還透過甄選爭取到免費的名額，這麼一來，她的堅持有夠大的正當性，我們若執意反對，反倒不近人情了。

於是乎，乃有了這趟送行與叮嚀，爸媽「不斷提醒」與女兒「我知道了」，不斷的起伏不斷的拔河。

若問我，我真是捨不得她不在身邊。

可是，就像很多孩子已經大了的朋友給我們的提醒：千萬要懂得適時放手啊！

我懂，我知道，但，最難的，不就是那放手的適時的時機點嗎？

於是，我們試著放一次手了。

這也是一次又一次的經驗，累積出來的不捨，與放手。

之前，我們全家去了一趟海島度假。

海島行程，若不戲水，等於白來。女兒跟我一樣，愛玩水，不怕曬。一離開陸地，父女一一跳下水，世界就是我們的。怕曬的媽咪，拿我們一點輒也沒有！她只能在我們跳入水裡的前一刻，一直叮嚀，一直叮嚀，要擦防曬，不要曬傷。要擦防曬，不要曬傷。

我們父女共同的回答都是：我，知道啦！

然後，撲通一聲，跳進水裡，游向陽光。

那一次，我對十歲後的女兒，又有了更深一些的認識。

女兒對海島度假的浮潛，寄予厚望。我們去體育用品店，挑了三套浮潛用具，媽咪沒去，由女兒替她挑選。

到了浮潛那天，跳下水後，女兒足足待了有近一小時。時間不全是重點，重點是，我們整個浮潛的隊伍，全體都在水裡待了近一小時。

這意思是，年齡最小的我女兒，跟著大哥哥大姊姊，跟著大人們，一塊在珊瑚礁海底景觀優美的海域中，從頭到尾，沒有打退堂鼓，既沒偷懶也沒喊累，她就悠悠哉哉的，像隻黝黑的小美人魚一般，在水面上下游來游去。

我是她爸爸，當然要盡到做父親照顧的責任。雖然，女兒一直緊緊追隨著陪她玩的大哥哥大姊姊，還示意要我不要跟太緊，但我始終保持兩三公尺的距離，看著她。

真是美啊！珊瑚礁海底景觀美，我女兒在湛藍海水中鑽來鑽去，也真美。

在讚嘆的同時，我其實更多的是感觸。

女兒的游泳，從不會到還好，我是始終陪在旁邊的。由於我自己自由式游得不好，所以她的自由式都是學校老師，以及自己跟同學朋友摸索出來的。但我是從她不會換氣，一直陪她練到如今可以優游於大海中。

那天，我緊跟著她，起初，還問問要不要休息，二十幾分鐘後，我決定不當囉唆的老爸，只要像 bodyguard 那樣，沉默在旁，適時出手即可。於是，我一路隨著，偶爾靠太近時，還會被她纖細的套著蛙鞋的踢水的腳，給踢個正著！我唯一的嗆水，正是被她正面踢到鼻子的那一瞬！

海水真是苦鹹！嗆得我眼淚直流！可我女兒繼續向前，踢水前進。我們的距離一下子拉開七八公尺遠！我能說什麼？嗆完水，把浮潛鏡調整好，大力划水向前，趕上我女兒，繼續當她沉默的 bodyguard！

「女兒長大了。在浮潛到過半時間後，我深深體會到這個再也無法否認的事實了。」那天夜裡，她媽咪幫女兒擦好乳液，在女兒微微起伏的鼾聲中，我跟她媽咪說了我白日在浮潛中的瞬間體悟。

「女兒可以在大海裡，而非游泳池裡，浮潛一個小時了！而且興致勃勃的，在探究她好奇的珊瑚礁世界，這比任何一堂生物課都真實！」我望著女兒黝黑的臉，跟媽咪報告我的心得。

「她依賴大哥哥大姊姊的時間，遠比依賴我多。這也像是我們要面對的，未來的一種隱喻吧！她朋友的世界，比重會越來越大！」我像是在安慰她媽咪。但應該更像安慰我心底始終在不捨的「那個我」。

那個晚上，我躺在床上。海風徐徐，流過我們水上屋底的海浪，輕輕拍打著浸在水底的支柱。

女兒睡得酣熟。她的夢裡，應該都是美麗的珊瑚礁世界吧！我的心底，眼前，浮現的，則是她哇哇墜地，牙牙學語，蹣跚踏步，要我抱抱，牽我的手，騎我肩膀，那些林林總總的畫面。

她一天天長大了。

女兒的內蒙古之行，照計畫啟動了。

我們幫她整理行李。她自己挑了一些衣服，選了幾樣伴手禮。我們再三叮嚀，要注意這，要注意那。她很乖巧的點頭。

去學校集合集訓的那天，我們送她到門口，把大的行李搬進集合教室，把小的行李交給她。

她跟幾位先到的同學打招呼。然後，叫我們可以回家了。我們夫妻互相看看，然後，很有默契的一起說：那爸爸媽媽走嘍！

她媽咪抱一下她。我看看她表情，心想還是別自討沒趣了，我只是握握她的手，說爸比愛妳喔！她點點頭。

我們走出教室，回頭看她。她已經融入幾個小女生的竊竊私語的畫面中了。

回家的路上，我問媽咪要去吃點早餐嗎？

媽咪說，她想回家睡回籠覺。的確，我也睏了。我們昨晚收拾她的行李，幾乎到午夜。早晨，她七點要集合。我們一早又起床，想想有沒有遺漏掉什麼。此刻，是有點睡眠不足的倦意了。

我們沒再說話。車一路往家的方向駛去。

有一種愛，我看著妳的背影，心底有很多話。真的，很多話。

有一種愛，我沉默了幾天還是要對妳說

有一種愛，我沉默了幾天還是要對妳說。

是啊，我們這麼愛妳，不得不對妳有所嚴苛，有所寄望。

母親節前後，妳一定覺得怎麼了？發生什麼事，會讓我們在母親節結束的晚上，對妳疾言厲色起來。而當夜，妳媽咪又幫妳溫柔按摩，助妳入睡時，妳心底不免有一些困惑，有一些不解吧！

我們先來整理一下，母親節前後，妳跟我們經歷的一些過程。

幾天前，妳便跟我說妳要寫一張卡片給媽咪。上面畫一些圖，寫一些句子。然後妳要為媽咪錄一首妳唱的歌，〈親愛媽媽〉，沒有伴奏，純粹清唱。妳要我陪妳買了一個精美的小盒子，把這些禮物裝起來。我則請妳幫爸比在兩個紅包袋上畫圖，一個送奶奶，一個送媽咪。

母親節那兩天，我所看到的不少媽媽的際遇，讓我感覺複雜。

母親節前一天，妳爸媽的一對好朋友，期待孩子多年，終於誕生一對雙胞胎，他們的喜樂，溢於言表。

也在那一天，新聞裡，有位單親媽媽受不了長期照顧智障孩子的疲憊，選擇了攜子自殺。那孩子僅比妳大一歲。我讀著新聞，心頭很不是滋味。這是每個做父母的人，都很由衷的感觸。

當晚，我們帶妳一塊去朋友家吃飯。妳注意到了，他的家裡沒有女主人，因為阿姨生病過世了，留下爸媽的老友和他的一雙女兒。

母親節當天，妳一大早起床，為媽咪錄音歌曲時，我在報上又讀到一則新聞，一對清貧的老爸媽，失去他們做保全的獨子，而僅僅獲得二十萬的賠償金。我不知道這對老爸媽，如何度過這個母親節！

是啊，母親節不過是既定的一個日子而已，但人世間的每一天都充滿了變化，好的，壞的，我們難以意料。

母親節中午，我們安排了全家族一塊午餐，慶祝母親節。十幾人圍坐一圓桌，在座有五位媽媽。妳媽咪，妳外婆，妳奶奶，妳姑姑，妳嬸嬸。我們讓所有媽媽們一塊排排坐，拍照時，妳還調皮的說以後妳也會當媽媽，可以一塊拍照嗎？大家笑呵呵。

童言童語，妳怎知除了母親節之外的每一天，媽媽們的心情呢！

傍晚，大家散去，妳媽咪要在外婆家照顧她直到看護阿姨也過完母親節休假回來。於是，在回家的路上，我順道帶妳去玩最愛的遊戲機「偶像學園」，我在一旁隨意翻書，妳則興高采烈的，享受老爸對妳的疼愛。整個兒童區都是有爸媽疼愛的孩子，母親節也是兒童的歡樂日吧！

晚上回到家。妳媽咪也到家了，當我們依慣例，要檢查妳的功課時，竟發現之前妳有一些作業被老師下了「遲交」的簽註，但問題是，我們每晚都輪流盯妳的作業，直到一一檢查完畢，簽了家長姓名後，才算結束這一日啊！隔天妳沒理由交不出作業給老師啊！除非，妳粗心大意，除非妳又心不在焉！

妳囁嚅著，也難怪，妳真的很難有藉口。唯一的理由，妳又不敢講，就是賴床太久，到學校已經很趕了，匆匆趕赴樂團的演練，八成就忘了交作業。但，這可以是理由嗎？我想即使備受我們寵愛的妳，也心知肚明，這理由，妳講不出口啊！

於是，妳繼續囁嚅著。眼淚在眼眶裡打轉。

但我們不能不對妳生氣，小寶貝。我們講好了的，對妳的疼愛，沒有界限，只有相對應的要求，把妳自己該做的事情，做好做對。

這是妳要學著長大的一種態度，我們信任妳，妳就要以我們的信任為原則，去完成妳應該完成的事，它不一定是功課，也許是待人，是接物，是處事的，種種要求。

我親愛的女兒啊，小寶貝！我怎可能願意罵哭妳呢？妳媽咪都說，看妳眼眶泛紅，老爸就心疼。沒錯，我是不願輕易的罵妳。可是，妳一定也知道，我還是會生氣的。

就像母親節的晚上，我決定收回妳手邊最愛的偶像學園遊戲，兩個星期不准碰也不准談。我們只想讓妳知道，妳做不到妳自己答應的事，妳就要為自己負起責任。

妳顯然是心疼自己犯錯的代價，當我起身把妳的遊戲袋拿走時。

但小寶貝啊，小寶貝，妳以為母親節的每一位母親，都那麼理所當然的能承擔起媽媽的角色嗎？如果，我們不能在疼妳、愛妳，而不寵壞妳的分野上多所執著，我們或許就不是愛妳而是害妳！

夜裡，我去看入睡後的妳時，想到我對妳說的話，竟覺得這話的口吻，彷彿妳奶奶，妳爺爺當年教訓我的口吻了！我在啞然失笑的同時，嘆口氣，天下的爸媽真的都一樣吧！

隔天早上，我送妳去學校。妳彷彿忘了發生過何事似的。妳說媽咪幫妳按摩到很晚。我說爸爸也很晚才睡著啊！我幫妳輕輕梳攏了微微冒汗的髮梢，還偷偷親妳一下呢！

妳呵呵的笑著。吃我幫妳烤好的吐司與可鬆。

妳知道有兩星期「要被禁足」玩遊戲機了。

但妳也該知道，妳媽咪罵過妳以後，總不忘抱抱妳，不忘在夜裡繼續為妳按摩。我也會捏捏妳的手，輕聲的說我們很愛妳喔！

因為，我們都知道，妳是我們的愛，我們不能縱容妳由於我們的愛而讓妳失去自律，失去自持，有一天，妳會飛出去，飛出去的孩子，是要靠自律自持的翅膀，去摸索未來的。

我們能給妳的不多，不過是要妳有一對承擔得起自己重量的翅膀而已！

有一種愛，我沉默了幾天還是要對妳說。我們歡喜妳為我們畫下的卡片，寫下的句子。我們歡喜妳有自己的未來。

唯其如此，我們才希望妳要知道，不是每個孩子都理所當然的享有父母無盡的愛。也非每位父母都能有機會盡其所能的愛自己的孩子。

於是，我們珍惜愛妳的每個當下。包括，我們也會嚴格的要求妳。

有一種愛，在妳家族的聚會照片裡，妳會注意到每個當媽媽的親人，都有溫柔，都有疾厲，只因為她們愛她們的孩子。不信，妳去問問奶奶，問問妳媽咪，問問妳的姑姑與嬸嬸。

有一種愛，回不去了，但我要妳以後慢慢咀嚼

未來，我希望妳慢慢咀嚼的，是妳童年起，一幅又一幅的畫面，裡面的長輩，必然逐漸淡出妳的成長歲月，不過沒關係，妳總會在未來的未來，某一天，某個時刻，某個場景裡，會突然浮現出這些畫面，然後，妳會想到我，想到妳媽咪，想到那些與妳爸媽有關聯的那些親人。這樣就夠了。

而後，妳便不至於感到孤單了。在這世間。

而後，妳越咀嚼，妳的人生越甘美。於是妳能勇往直前。

有一種愛，是回不去的，但妳學會咀嚼，咀嚼妳童年起，每段愛的記憶，妳將發現，其實愛妳的人，永遠不曾離開過妳。

我是這樣咀嚼我的人生過往的。可惜，我錯過不少。我不想妳有同樣的錯過。

妳二叔 line 給我一張照片。

照片裡，約莫近二十人。

照片中，沒有爸比，也沒有妳媽咪，當然更沒有妳。可是這張照片，我反覆的看，念念不捨，直到眼角泛出淚滴。

照片正中央，是我的外婆，妳的阿祖。在她左邊倚著她，還把手搭在她肩上的，妳很熟悉，是妳的奶奶。奶奶是阿祖的二女兒。在阿祖的右邊，弓起身子，兩手扶著一個小女孩的，是她的二媳婦，我的二舅媽。以她們三人為軸心，聚攏起來的近二十人，多半是妳阿祖的女兒、媳婦，以及幾位孫子孫女，還有兩個曾孫輩娃兒。

我會看著看著流下淚，是因當時妳阿祖精神狀態還不錯，坐在正中央，對向鏡頭，露出她一貫靦腆的笑。我流淚，因為很多年來我看到她的印象，都是躺在床上，不言不語。她失智多年了。而這張照片，妳二叔說，「很可能」是她九十大壽時，回去祝壽的晚輩們，一起拍下的。

之所以「很可能」，是從兩位小娃兒現在的年齡推算的。她們都已經唸國中了。但不確定的是，若是九十大壽，按理，我應該也回去才對，所以也可能不是九十大壽的那次。

但不管如何，至少，陽光下，被女兒媳婦孫兒輩曾孫輩圍攏在一起，拍下的這張合照，依然成了我多年後，回想我外婆，細訴妳阿祖帶給我童年記憶的最好線索。

我跟外婆，祖孫倆的親密互動，很像妳每回去桃園探望妳的爺爺奶奶，也像妳去宜蘭探訪妳媽咪的奶奶，妳的另一位阿祖。說是探望，其實「妳我當時年紀小」，享受的，多半是長輩們殷勤的款待、細聲地問候，以及，我們在她們身邊跑進跑出的歡樂印象。

那些長輩的房間，宛如魔術師的密室，不大且狹窄、擁擠，卻總藏著一些稀奇古怪的東西。外婆阿祖們似乎隨手一翻，都可以掏出一包餅乾，一盒蛋捲，幾封壓縐了的紅包，妳或許覺得很稀鬆平常的零食啊！紅包裡的金額亦不算多啊！

可是對已經七十、八十的老奶奶、老阿祖來說，這已經是她們想方設法，張羅出的零食想像力了，她們牙已缺，胃口忌甜，零嘴只是她們一心想討好孫兒們來訪時，精心擺設的一道門面而已。至於紅包，更是我們這些晚輩平日給她們的零用金，一點一點攢

下來的。她們省吃儉用，卻不吝於給孫兒輩曾孫輩。

我剛剛做妳爸比時，每每帶妳回老家看奶奶，奶奶眼裡盡是疼愛。當妳開始可以嚼零食後，奶奶一定大包小包的零嘴擺滿一桌。

我跟她說不用了，糖吃多不好。

她回我，又不是要泠泠一次吃完，可以慢慢吃啊！

我跟她說，台北家裡也不少零食啊，就不要帶回台北吧。

妳奶奶哼一聲，照樣把零嘴塞滿妳的袋子，說這些是奶奶買的不一樣。

妳媽咪一旁對我使使眼色，然後和悅的對妳說：還不快謝謝奶奶，奶奶這麼疼妳！

在回程的路上，妳躺在後座睡著了，手上還抓著未吃完的零嘴。我跟妳媽咪細細回顧往事，說以前在台北唸書，每次回家必定大包小包吃的用的帶回台北。即使，我後來工作了，情況依舊。好像不這樣，我老媽就不放心我在台北的吃喝拉撒！

妳媽咪望著妳，說她的媽媽也一樣啊！我們，妳的爸媽以後應該也是一樣吧！

我停頓了一會。然後對妳媽咪說，當然，恐怕連泠泠臉上不耐煩的表情也是一樣吧！哈哈。是啊，即便妳躺於後座椅上，宛如小天使一般的睡姿，我也能依稀感受到，妳不喜歡爸媽囉唆一些事情時，臉上隱隱浮現的不耐了。

欸，這就是爸爸媽媽們的宿命吧！

我們也只有到了一定的經歷後，甚至，自己做了爸媽，對自己的孩子做出以前我們爸媽對我們做的種種溢於言表的關愛後，我們才會懂，自己是多麼懷念以前被疼愛、被關愛的那些日子啊！

但，我們的孩子，此時此刻，理所當然的備受疼愛而不自覺，甚且還覺得父母的愛是他們「不能承受之煩」！應該也是很合理的反應吧！

我把二弟傳給我的照片，拿給女兒看。她認出了奶奶，認出了兩三位姨婆，但多數她都喊不出關係。

像極了我小時候。老爸孤單一人來台，爸爸那支親人網絡，除了祭祖時聽他回顧外，我們毫無概念。唯獨媽媽這邊，家族龐大，親屬眾多，我永遠搞不清楚每一層網絡的確切關係，只好一路靦腆的笑。而外婆總是貼心的呵護著我，她的長孫。

我跟女兒說，最中間的，是她的阿祖，是奶奶的媽媽。輩分上，跟她媽咪的奶奶是一樣大的，只不過，我比媽咪大上了十七歲，所以，我這邊的她阿祖，就比媽咪那邊的阿祖，要老很多了。

女兒問我：阿祖是不是活到快一百歲？
是啊。我回答。
阿太公也是，對不對？女兒又問。
是啊。都是九十九歲。我回答。
好酷啊，活這麼久。女兒說。
是啊，我們家族都長壽呢。我說。
那你也會活那麼久，對不對？女兒看我。
我看看她。該怎麼回答呢？
我當然要活得更久、更健康。我要一路看著她長大。我要讓她知道人生路上，她是一代接一代的關愛，所疼惜出的花朵、所栽植出的果實。像我的外公外婆、像我的爸媽、像她的阿祖、像她的外公外婆、像她的爸媽我們，都是一路上，以愛護持的親人。為了愛，我們努力活得更久、更好。
我握握女兒的手，對她說：「妳不是要我活到一百歲，抱妳進禮堂嗎？我會的。」

當代名家・蔡詩萍作品集1
回不去了。然而有一種愛

2016年2月初版　　定價：新臺幣320元

著者	蔡詩萍
總編輯	胡金倫
總經理	羅國俊
發行人	林載爵
叢書編輯	陳逸華
校對	陳佩伶
整體設計	江宜蔚

出版者	聯經出版事業股份有限公司
地址	台北市基隆路一段180號4樓
編輯部地址	台北市基隆路一段180號4樓
叢書主編電話	(02)87876242轉224
台北聯經書房	台北市新生南路三段94號
電話	(02)23620308
台中分公司	台中市北區崇德路一段198號
暨門市電話	(04)22312023
台中電子信箱	e-mail：linking2@ms42.hinet.net
郵政劃撥帳戶第	0100559-3號
郵撥電話	(02)23620308
印刷者	文聯彩色製版印刷有限公司
總經銷	聯合發行股份有限公司
發行所	新北市新店區寶橋路235巷6弄6號2樓
電話	(02)29178022

行政院新聞局出版事業登記證局版臺業字第0130號

本書如有缺頁，破損，倒裝請寄回台北聯經書房更換。　ISBN 978-957-08-4685-0 (平裝)
聯經網址：www.linkingbooks.com.tw
電子信箱：linking@udngroup.com

國家圖書館出版品預行編目資料

回不去了。然而有一種愛/蔡詩萍著．
初版．臺北市．聯經．2016年2月（民105年）．
288面．17×23公分（當代名家・蔡詩萍作品集1）

ISBN 978-957-08-4685-0（平裝）

855　　105000690